JN141608

阿佐元明

Motoaki Asa

Shikisai

色彩

筑摩書房

色彩

装幀　アルビレオ
装画　草野　碧

いい気分だった。

こんな状態になってしまうと、決まって保育園に通っていたくらいの、幼い自分のする悪さが頭へ浮かんだ。

あの頃、自動車の排気ガスが俺は大好きだった。

エンジンのかかった車体の背後へまわり、気づかれないようにしゃがみこんでは排気ガスの出口へ顔を向けていた。胸一杯に灰色の煙を吸うとなんとなく落ち着くような、それでいて限界まで肺へ入れたはずなのにまだ吸いきれていない余力が残ってしまうような、もどかしさも感じた。もっと限界まで吸い続けてみたい気持ちとそんなことをしている自分の姿が親に見つかり怒られるかもしれない緊張感が入り交じり、なぜかとてもいい気分になるのは、今の状態と似ている気がした。

視界がぼやけていく。

目前にひどく汚れた灰色の空間があり、棒きれみたいになった重い腕を上げては振りおろすたび、淡い乳白色が滲んで広がる。繰り返して腕を振り続けると、やがてすべてが一色に染まった。自分を包んでいた光が明るくなり過ぎて、視界を潰されてしまう。

何度も瞬きを繰り返し、視点を合わせようとする。俺はその空間を区切っていた輪郭すら、もう見ることができない。

目をくらませる強い光は目前にあるのではなかった。頭上から降り注いでいるのだと気づく。

俺は顔を上げた。

真っ白くて一点の影もない。直視できないほどの明るさに、全身が焼き付けられるみたいでなにもできない。

胸の鼓動が高鳴る。軽い息切れを落ち着かせたくて、湿り気のない唾を飲んだ。

突然、俺を照りつけていた光が遠ざかり、弱まる。丸みのある白い物体が遮るように浮かび上がってきた。俺の顔へ衝突するほどに近づいてきたその球体は、手ぬぐいで覆われた高俊の頭だった。

「おい千秋、目が飛んでるぞ」

高俊の左耳にあるダイヤのピアスがまぶしく輝いていた。中学生の時に付けていた耳たぶ用の銀製リングはどうしたのだろう。あれほど気にいっていたのに、捨ててしまったのだろうか。一円玉ほどの空洞からは、高俊の背後へ広がる景色がせっかく見えていたのに。塞がってしまわないように穴を縁取ってはめられていた銀のリングは、ダイヤよりもきれいだった。

「だから途中で交代するって言っただろ。意地を張って一人で仕上げて、なにが楽しいんだ」

高俊の声が一坪にも満たない狭い浴室に響く。

「かたづけは俺がやっておくから、早く外へ出て行け」

「ああ、頼むよ」

渡そうとするよりも早く右手に持っていた刷毛を取り上げられ、高俊は無造作にブリキのバケツへ放り投げた。

残ったペンキをかたづけだす高俊に背を向け、天井から壁全面へ乳白色に塗り上げたばかりの浴室を眺めた。ぼやけた視界で塗りむらがないか確認しようとしたが、高俊に邪魔だと肩を叩かれ、しかたなく出る。脱衣室の床へ養生で貼られた新聞紙の上を膝歩きで抜け、一軒家の裏戸を開けた。

踵の潰れたデッキシューズをつっかけ、よろけながら立ち上がる。細い私道の幅一杯を占領し、家の前に停めてあるバンへ向かった。後ろ前にかぶった野球帽を脱ぎ、額についた冷たい汗を半袖で拭う。外は肌寒く、助手席に置いたウインドブレーカーを取り出し、肩にかけた。

夕日に照らされ始めた黄色い空を眺め、ポケットからタバコを出して火をつける。煙を深く吸ってみるが、排気ガスのような落ち着きも、ペンキ臭にまみれた浴室の心地よさもない。胃の底からゆっくり上がってくるかすかな苦みで、口の中がざらついた。

家へ目を向けると、赤茶色に塗られた平屋の外壁は真新しい光沢を帯び、すっかり乾いていた。

基礎部分に養生されたビニールを、俺や高俊より一回り小柄な親方がしゃがんだ姿勢で移動し、剝がしている。

足場を組まずに済んだ木造の小さな家屋とはいえ、磨きや補修も入れて三日で仕上げることができた。四月の日差しと乾いた風が、塗装の仕事を手伝ってくれる。

後部座席の足下から麻袋を取り出し、親方の前で口紐を緩めた。親方は両手から溢れるほどのビニールを抱えて立ち上がり、麻袋のなかへ詰めた。

高俊が新聞紙の詰まったバケツをぶら下げて出てくると、親方は忘れ物がないか辺りを確認し、裏戸のチャイムを押した。

「作業終わりました」

出てきた家主のお爺さんに、親方は一礼した。

「どうもご苦労さま。なかでお茶でも」

「さっき頂いたばかりだからいいですよ。旦那さん、外壁は乾いたけど、風呂場はまだ塗ったばかりだから使わないでね。今度は二年後ぐらいに屋根をやったほうがいいから、その時になったらまた声かけてください」

親方の挨拶が済んだことを確認した高俊はペンキで固まった軍手をはずし、運転席へ乗る。家主のお爺さんは見送りに道路まで出てきた。俺は軽く頭を下げ、助手席に乗った。

親方は断り切れなかったバナナを三本だけ手に持ち、後部座席へ座った。

「屋根もいっぺんに仕上げれば簡単なのに」

高俊はつぶやき、エンジンをかけた。

「屋根はまだ保つからいいだろ」

親方は後部座席からこたえた。

「また塗りに来るより、今やったほうが効率的だって言ってるんだよ」

「旦那さんにとっては少しでも後に回したほうが、費用も減っていいに決まっているだろ」

親方はバナナを前に差し出してくる。

「塗り残しなんてあれば、飛び込みの悪徳業者に目を付けられて、あの歳くらいの爺さんは騙されるんだよ。屋根だけじゃなく家中塗りたくられて、法外な金を払わされるんだよ、この二年のうちに」

高俊はバナナを受け取り、片手に持って運転する。

「やらなくてもいいことで金を取ったら、俺たちもその業者と一緒になるじゃないか」

親方がそう言って笑うと、ちがうよ、そうじゃなくて、と高俊がまた言い返す。

俺は助手席の窓にもたれて国道を眺めた。夕方の渋滞が始まり、身動きの取れなくなった車の連なりが見えている。ぼやけていた視界はいつのまにか元に戻っていた。

少し進んでは停まる車の中で、二人の言い合いともじゃれ合いとも取れる議論が続く。

俺は手に持たされたバナナの皮を剝いた。

ひとくち頰張りながら、明日から来る新人がこの車に乗り、親方と高俊の掛け合いにどう絡んでくるのだろうかと考えた。

積極的に話へ入っていくようには、初めて会ったときの印象からは思えなかった。かといって俺みたいに二人を相手にせず座席でくつろいでいることができるかと考えれば、最初のうちは無理だろう。

隣町にあった同業者が廃業し、その地区にある子請け仕事が回ってくるのをきっかけに人を増やそうと親方が言い出したのは、二週間ほど前のことだった。

新聞の折り込みに募集広告を出して待っていたが、電話が数本あっただけで反応はよくなかった。まあ三人でもなんとかなるだろうと諦めかけていた頃、加賀君は現れた。

一昨日の夕方、倉庫前で翌日の現場に使う塗料の在庫をバンへ積んでいた俺は、車体へ隠れるようにして立っている加賀君に気づいた。華奢な身体から夕日に映し出された影はさらに細く伸び、そのまま日暮れとともに消えてしまいそうに見えた。

頭の形になでつけた短髪の容姿はまるで導線の付いた豆電球のようで、顔を向けた俺に気づくと加賀君はすかさずその豆電球頭を下げ、小さな声で、募集広告見てきました、と言った。

「親方、広告を見た人がきたよ」

倉庫の奥へ声をかけると、親方はすぐさま満面の笑みで出てきて、高俊も顔をにやつかせ付いてきた。

加賀君はぎこちなく何度も頭を下げると、手に持っていた封筒を親方に差し出した。親方はその場で開け、履歴書を取り出して眺めた。

「芸術の専門学校をこの三月に卒業したってあるけど、就職はしなかったんだ」

「はい」

「実家は遠いね。そちらのほうには帰らないの」

「はい」

「芸術の勉強って、どんなことをやっていたんだい」

「油です」

親方は目線を彼に向けた。

「うちは単なる塗装屋だから、デザインやアート関連の仕事はないよ、それでもいいの」

「はい」

「屋根に登ったり、足場を組んで作業したりするけど、三階程度までの高いところはだいじょうぶかな」

「だいじょうぶです」

即答に、親方は笑顔を見せた。

「この仕事は雨の日とか不定期の休みが多いから、絵を描く暇は取れると思うよ」

親方がやさしくそう言うと、彼は少しうつむき、視線を落とした。

「絵は辞めたので」

彼は一言そうつぶやいた。

一瞬、親方が俺へ顔を向けたが、目が合う前に視線を逸らされた。

親方はそれ以上、加賀君になにも聞かず履歴書を封筒に入れ、胸ポケットにしまった。

「仕事はすぐに慣れる。ただ怪我と弁当は自分持ちだ。あと動きやすい服装ならなんでもいいから、汚れても構わない物を着てくれ。俺らの格好を見ればわかると思うけど」

親方は自分から順に俺たちを指し示した。親方の格好は紺の作業着に作業ズボン、高俊は黒の長袖Tシャツに紫の長丈八分ズボン、俺は昔流行った太めのジーンズにオレンジのウインドブレーカー。今までの現場で使った様々なペンキの飛び散りが靴の先から頭に巻いた手ぬぐいや野球帽のつば先に至るまで、みんなの身につけている物すべてへ付着している。一目で塗装屋だとわかる格好だった。

加賀君は俺たちの姿へ目を向け、頷いて見せた。

出勤の日時を約束して、加賀君は端に停めて置かれた自転車に乗り、帰って行った。

「あいつ細いな。飯食ってるのか」

親方は自転車で走り去る姿を眺めて言った。

「狭い場所に入れていいんじゃない」

俺の言葉に笑いながら、親方は見送っていた。

加賀君が明日から座る後部座席にはまだ、作業道具やバケツや束になった軍手やぼろ布の山が積み上がっている。今日中に整理しておかなければと段取りを頭に描いた。

車は国道からはずれ、側道へ入っていく。自動車工場が撤退し、しばらく放置されていた広大な空き地へ一戸建ての住宅街ができたのは、最近のことだった。真新しく生まれ変わった区画を申し訳ないように速度を落として通り抜けると、軽トラックやフォークリフトが路上に並び、油のしみこんだ黒いアスコンの道へ繋がった。取り残された工場や作業場が集まった場所には小さな公園があり、その正面にある親方の家が見えてきた。

改造された一階の敷地は狭い駐車場兼倉庫になっていて、奥には事務所の入り口がある。壁一面山積みになった一斗缶が道路へ溢れるようにして並び、小さな要塞のように鈍く銀色の光を反射させている。天井に作った棚にはいくつもの脚立が積み重ねられ、そのわきに赤茶色い塗装が付いた裸電球が長い寿命を生き抜き、替えられずに使い続けられていた。

俺は車から降りると暗くならないうちに終わらせるため、頭の中に描いていた段取りでさっそくかたづけを始めた。親方は事務所に入り伝票をまとめ、高俊は明日使う資材の確認をする。口に出さなくてもいつのまにか分担された仕事をこなしていった。夕日が落ちかけるとまだ四月のせいか、倉庫へ吹き抜ける風が冷たかった。ウインドブレーカーのファスナーを首まで上げる。野球帽を深くかぶり直し、埃まみれの荷物を抱えて車から降ろした。いったんすべての物を出すと、傍にあった竹箒の柄だけを取り外し、汚れた座席シートを叩いた。目に見えるほどの埃が舞い上がり、煙さに堪らず車内から顔を出すと、背後に親方の娘が立っていた。狭い敷地で作業している俺が邪魔で通れなかったのか、両手で学生かばんの手提げをつかんだまま無表情でこちらを見ていた。

「おかえり」

俺は塞いでいた荷物を退けて道をあけてやった。彩香は軽く会釈するだけで言葉もなく通り抜けて行った。両耳のイヤフォンからは白いコードが制服のポケットへ伸びていた。

小学生の頃は俺と高俊の周りを邪魔になるほどまとわりついていたのに、中学生になってから急に態度が冷たくなり、この二年はまともに口も利いていない。目線を合わせなくても俺と高俊にはまだ会釈ぐらいはするが、親方へは露骨に無視をする。娘だけは欲しくないとその変容ぶりを見ていて俺は強く思う。

座席の整理を済ませて、なんとか一人分の広さを確保した。加賀君と親方の細身な二人なら充分だろう。俺でも問題はないが高俊にはちょっと狭そうだ。もう少し広げることもできるが、親方と高俊が並んだりしたらまた喧しいから、このままにしておこうと考えた。

上着に掛かった埃を払い事務所へ入ると、高俊がロッカーを開けて掃除をしている。二カ所分も空にしていた。四つ並びのロッカーは移転作業の現場で、廃棄品を客から貰ってきたものだった。扉には以前その会社で使っていた人の名札が貼り付けられたままだ。

「新人に二カ所もやるのか、サービスいいな」

後ろに立っていた俺へ高俊は振り向くと、珍しく真面目な表情をしていた。

「はじめての後輩なんだから、ちょっとはやさしくしてやるもんだろ」

高俊はしゃがみ、奥の方まできれいに水拭きする。

まともにこたえてくるとは思いもしなかったので、俺は軽口も返せなかった。自分のロッカー掃除すらまともにしたことのない高俊がぞうきんを真っ黒にさせるほど磨いている。高俊は新人が来るのを楽しみにしているのかもしれない。

部屋の隅で荷物置き場となっていた事務机は、山積みの資料もかたづけられて、俺の席の隣に並べられている。

「机も高俊がやったのか」

「ああ、それは俺が動かした」

親方は伝票へ判子を押しながらこたえる。親方の机は今にも崩れそうなほど書類が積み上げられたままで、狭められたスペースで縮まるようにして仕事を続けている。

「なあ、親方」

ロッカーの掃除を終えて高俊が立ち上がった。

「新人に最初からなにも支給しないっていうのはまずくないか。ウインドブレーカーとかさ、ほら千秋がいつも着てる、ああいう服を社名入りで作るのはどうかな」

親方は顔を上げ、高俊を見る。

「たしかにそうだな。高俊にしては珍しく良いことを言うが、服は作ってもすぐ汚れて捨てちまうからな。なにかそれ以外で支給してあげられればいいが」

「じゃあさ、名刺とか用意してやったらどう」

「そんなもの使わないだろ、おまえらも持ってないじゃないか」

親方は作業の手を止め、高俊と話し込む。

高俊も親方の前に椅子を置いて座り、また言い合いになりだしたがやけに穏やかな表情で、それを見て俺はやっと二人が浮かれていることに気づいた。

話に混ざらず流し台から自分のカップを取り、インスタントコーヒーを入れて椅子に腰掛けた。首を左右に曲げ、息をついて足を伸ばす。舌のざらつきも消え、ぬるいコーヒーを口に含むと苦いだけの安いインスタントから香りと甘みを強く感じる。高い場所へ手を伸ばす作業が多かったためか、両肩に溜まっていた疲労が心地よくほぐれていく。

「じゃあ、先に帰るよ」

一息ついて俺は立ち上がり、飲み終えたカップを洗った。

「明日は仕事が終わったら、歓迎会をやるから」

親方が楽しそうに笑顔を見せる。

俺はうなずき、事務所を出た。

いつのまにか外は暗くなっていた。向かいにある平屋建てのネジ工場が陰に沈み、夜空の低い辺りだけが赤い夕日を帯びている。すでに点灯している公園の照明がだれもいない砂場を照らしていた。

冷たい風に混ざるかすかな生温さを感じて歩きだす。

楽しそうに言い合っている親方と高俊を思い浮かべ、新人が職場に来ることがうれしいものなのかと、考えていた。普通に考えれば三人しかいない小さな職場に仲間が増えるのだから、喜ぶべきなのかもしれない。なぜかわからないが、働き始めてから初の出来事なのに、俺には盛り上がる気持ちが起きなかった。というよりむしろすこし余計なことのような、面倒な出来事にさえ思えた。

翌日の朝、事務所へ入ると掃除された加賀君の机の上に、新しいマグカップと車の座席用ドリンクホルダーが置かれていた。

加賀君は意外だった。

内容は違っても物へ色付けする勉強をしていたのだから意外というのはおかしいのかもしれないが、田舎の中学生が体操着で着ているような白い二本線の入った緑色のジャージを、首までしっかりファスナーを閉め折り返していたりするし、細い身体をさらに強調する足に張り付いたジーンズを穿いていたりして、やたらとかしこまって、はいです、という返事をすかさず返してくる不自然な対応とか、緊張して強張った表情をいつまでも崩さないところとか、そのなにをやるにもぎこちなさそうな風貌から、球切れになった豆電球みたいな、いまいち使い物にならないイメージを勝手に持っていた。俺の見当違いだったことは確かだが、まさか初日から仕事に順応するまでできるとは思ってもみなかった。最初は軽作業程度で塗装を手伝わせることはないはずだったが、試しにローラーだけやらせてみると腕の運びがうまく、塗りむらをおこさなかった。刷毛を持たせてみると、ときおり手首を利かせる見慣れない動かし方をして厚く重ねてしまうこともあったが、ペンキを付けすぎて辺りを汚すようなこともない。というより養生への飛び散りは少ない。倉庫内の壁面や梁が出っ張っている凹凸も隅まで繊細に仕上げていく。むしろ丁寧すぎるくらいだ。その仕事ぶりに驚いていたのは俺だけではなかった。いつのまにか親方も高俊も加賀君の動きに見入っていた。

「凄いよ加賀君、即戦力だな」

鉄扉の研磨道具を持ったまま高俊が声を弾ませた。

加賀君は自分が注目されていることにやっと気づき、何度も細長い首を曲げて頭を下げた。

「高俊の始めた頃とは比べものにならないな」

作業の手を止めて見ていた親方が高俊をからかって言うが、高俊は言い返しもせず、まるで自分が褒められたようにうれしそうな表情をしていた。

塗装以外の作業は全くわからないようだが、養生や研磨を高俊は熱心に教えた。そのたびに加賀君はマッチ棒が折れたのかと思うほど頭を下げてうなずいていた。簡単な事務室の内壁塗装とはいえ、加賀君が入っただけで初日から作業が捗るとは思ってもいなかったので、親方は慌てて予約していた店に時間変更の電話を入れた。

自分の歓迎会をすることを今日になって聞かされたのに、加賀君がためらいなく了解したのにも、俺は驚かされた。

初日は気疲れするだろうから慣れてきてからの方がいいのではないかと、親方に今朝言ってみたのだが、それも全くの見当外れだった。むしろ告げられた時、加賀君は喜んだ表情を見せたのが俺には意外で、単純に疲れているのは自分なのかもしれないと思えた。

仕事を終えてから親方の好きな焼鳥屋に連れて行かれると、水割りとは名ばかりのほぼ焼酎ロックにちかい、真っ赤な梅干しと氷だけが入った大ジョッキを軽く持ち上げ、加賀君は一気に飲み干してみせた。その姿を見て、高俊は仕事の時よりももっと興奮して笑みをこぼした。亜佐美が妊娠してから付き合いの悪い俺の身代わりを見つけ、喜んでいるのはすぐにわかった。

親方もうれしそうに新しいボトルをいっぺんに二本も入れる。空になったジョッキへ溢れそうなほど注ぎ入れると、加賀君は一気にちかい異常な早さで飲み干してしまう。紅潮した加賀君の白い肌が瞬時に真っ青になると、吐いてきます、と誰も聞いていないのに律義にこたえ、トイレへ向かう。戻ってくるとまた、喉が渇いているかのようにジョッキを空にし、顔が青ざめていく。それを何度も繰り返した。

酒がもったいねえなと親方は言って、加賀君のジョッキへ焼酎を注ぎ、高俊は笑って梅干しを足していく。二人ともその様子を結局は楽しんでいた。

加賀君のジョッキに梅干しが埋まり、みんなの酔いがまわった頃には、すでに空のボトルが六本転がっていた。

足下がおぼつかない加賀君を抱えて店を出る。意識はまだまともにあっても立っているのが辛いらしく、肩を離すと彼は縁石に座り込んだ。

「あとは適当に連れて行ってやってくれ」

親方は違う社名の入った使い回している封筒を俺に渡し、帰り道の方向へ歩きだした。

加賀君は立って挨拶しようとしたが、よろけてしまう。親方はその様子を見て笑いながら、帰って行った。

「いくら、入ってるんだ」

高俊が寄ってくる。

封筒のなかを確かめる。万券が三枚入っていた。

俺と高俊で両脇を抱え、加賀君のペースにあわせて、ゆっくりと歩きだす。

「すみません。酔っぱらって」

加賀君は苦しそうな表情を向ける。

「あれだけ飲めば、誰だってそうなるだろ」

抱えた加賀君の身体から発散される酒気で、俺まで酔いが回りそうになる。

「加賀君みたいに威勢良く飲んでくれた方が楽しいから気にするなよ。親方も喜んでたし。

これからもっと楽しく飲めるところに連れて行くからさ」

高俊は、うれしそうに加賀君の肩を叩き、繁華街を引きずっていく。高俊行きつけの店があるビルの前に着くと、知っている顔の黒服に案内され、一階の店へ入った。

照明の落とされた暗い店内にはスーツ姿の男性客が多く見え、大音量で流れるテンポの速い音楽にかき消されながらも女の子達と談笑している。

加賀君、高俊、俺と順に横並びでソファーへ座り、そのあいだへ入りこむようにそれぞれ女の子たちが付いた。俺と高俊は焼酎の水割りを、加賀君はウイスキーを割って貰っていた。横に付いた女の子の名前を聞いたり名刺を渡されたり飲みながら話をしているうちに、女の子は自然と肩へもたれかかってきて、自慢だという長い髪を俺の右手に持たせて撫でさせる。強く香り立つ髪に触れながらも、気になって加賀君の様子を窺った。

加賀君は青ざめた顔が固まったように強ばり、女の子の方を見ようとせず、一方的に話しかけられてぎこちなく頷いていた。間が持たないのか水割りの入ったグラスを口につけて飲み続ける。

俺と同じように様子を見ていた高俊はその姿が楽しくて仕方ないように笑っていた。

店内の照明が落とされた。さらにテンポの速い音楽に変わり、大音量で店内に響き渡る。

横に座っていた女の子が立ち上がると、軽く会釈して腿の上へ馬乗りに座ってくる。目の前でキャミソールの肩紐を外す。首に両手を回され、剝き出された胸を顔に押しつけられた。

半裸の女の子を抱えたまま、俺は加賀君が気になって横を向いた。同じように女の子を抱えている高俊もやはり気になったのか、加賀君の方を向いている。

加賀君は大きな胸で顔を覆い挟まれ、固まっていた。グラスをテーブルへ置きもせずに硬直している。加賀君に乗っている女の子が俺と高俊の視線に気づき、困ったような表情をして薄笑いを浮かべてくる。

高俊は大きな笑い声をあげた。

翌日の朝、加賀君は二日酔いで仕事に出てくることができなかった。

高圧洗浄で飛び散る水しぶきが、壁と養生したシートの間で霧のように立ちこめた。ヘルメットから合羽まですべてびしょ濡れで、保護めがねについた水滴を何度も振り払う。

長年付着した汚れが泥になって跳ね上がり、鋼板の足場をさらに滑らせる。噴水し続けるガンを持ち、ゆっくりと横へ移動していく。背中に背負った高圧洗浄機が重たくて仰け反りそうになるのを堪え、二階部分の壁を洗浄し続けた。

同じ合羽を着た加賀君が隣につき、絡まないようにホースとコードを運ぶ。高所はだいじょうぶだと言っていたが濡れた足場に腰が引け、片手で単管の手摺りを握りしめて離せず、伝うように動いてきた。

噴水を止めた。

保護めがねを外して壁を見る。

陽当たりの悪い北側の白い壁へ生えていた緑色の苔が取れ、艶は失せているがきれいにはなった。モルタルに細かなひび割れが見られ、あとで修繕しなければならない。出窓の下部辺りを触ってみると、弾力性がある。引っぱると簡単に外壁が剝がれた。

加賀君が小さな声をあげた。

なにも知らない加賀君は俺が壊したのかと思ったのだろう。マスクも外して、出窓の周りを指さす。

「窓枠の防水があまいから、下地が腐って取れるんだ。よくあることだよ」

その欠片を取っておくように加賀君へ渡し、足場を降りた。

二階部分の洗浄を終えた。午後からの一階は加賀君に洗浄をやらせてみようかと工程を頭に浮かべ、建物の正面へ向かった。

南側の壁では、親方と高俊が足場に登り、大きなひびの補修準備をしていた。刃にダイヤモンドの成分が入っている電動工具でひびの周りを深く削り、けたたましい騒音が住宅街に響いている。屋根より高く貼られたシートのさらに上まで白い粉塵が舞いあがっていた。なかはモルタルの粉まみれになり、視界もままならないだろう。目の前の道路を歩いている母親に手を引かれた小さな女の子が、その覆い隠された建物の上を眺め、えんとつ、えんとつ、としきりに指さしていた。

俺はヘルメットを取り、ずぶ濡れの合羽も脱いだ。下着も作業をしていて汗だくだった。朝から上がり続ける気温と降り注ぐ強い日差しに暑さが増していく。服など着ずに水浴びしながら作業したいくらいだ。

加賀君も汗まみれで合羽を脱ぐ。

慣れない仕事で緊張したのだろうか、顔が真っ青だった。やはり午後も俺が洗浄をやろうかと考え直した。

保護めがねと防塵マスクで完全防備をしている親方と高俊が作業を終えて、足場から降りてきた。

高俊はわざと俺達の前まで来て、全身の粉を払う。

「離れてやれ」

俺の声も無視して、その場でパーカーを脱ぐ。単管に引っかけて干した俺と加賀君の合羽へ並べて吊す。

高俊はすぐにタバコを取り出して咥える。

ライターを投げてやると高俊は受け取って火を付け、上着をしっかり払ってから出てきた親方にタバコごと回した。

親方は箱から一本取り出して火を付ける。マスクと保護めがねの間へ入り込んだ粉が、頬骨の上を筋になって通り、歌舞伎役者の化粧のような跡がついていた。

「千秋、二階にあった出窓辺りのひび割れ部分、緩んでただろ」

「ああ、剝がしたら簡単に取れたよ。枠材も少し傷んでるな」

「そうか、明日の休みにでもちょっと材料を買ってきて、修理しておくか」

親方はタバコを吹かしながら言う。

俺は加賀君へ剝離した破片を親方へ渡すように言った。

「これも大工さんでなくて、親方がなおすのですか」

加賀君は親方へ破片を渡し、尋ねた。

「本当は大工や左官屋を呼んで修繕したほうがいいんだけど、家主さんさえよければ、これくらいなら俺たちでやるさ。なんでも食べなきゃ大きくなれないからな」

親方は剝がれたモルタルを片手でお手玉みたいにもて遊ぶ。

「自分が一番小さいくせに、なに言ってるんだか」

高俊がからかうように言うと、親方が手に持ったモルタルを投げる真似をする。高俊は走って逃げ、親方が追いかけて行った。

「あの、すみません」

加賀君が小さな声で俺につぶやいた。

「左官って、なんですか」

掠れるほど小さな声で言うので一瞬自分の耳を疑ったが、確かに左官と言ったはずで、俺は二人が戻ってこないうちに簡単に教えてやった。

「なあ、加賀君。向かいの家の壁はなにか解るか」

俺は現場のちょうど向かいにある、まだ新しい外観の家を指し示した。

「プラスチックのレンガですか。本物ではないと思うのですが」

加賀君は目を凝らし、向かい家の外壁に使われているサイディングボードを見て応えた。

「住宅関係のアルバイトとかは、学生の時にやったことないの」

加賀君はうつむき気味な姿勢で、頭に撫でつけたような腰のない短髪を掻きむしる。

「アルバイト自体、初めてで」

「えっ、やったことがないの」

「親から学校へ行くために家を出しているのだから、バイトするなら帰って家業を手伝えと言われていたので」

訛りではないが、なにか普通の発音と違うような独特の節があり、話したくないのか小さな声で喋るせいで聞き取りづらい。

すこしバイトぐらいして小遣いを稼ぐ程度は、学生なら誰でもしていることじゃないのか。欲しい物を買うときはどうしていたのだろう。全部仕送りに頼っていたのだろうか。なにか、要領が悪いというか、ちょっと世間知らずなところを察し、これから面倒だなと感じさせられた。

「バイトもしないで、学校に行かないときはなにやって遊んでたんだよ」

雰囲気をかえようと、俺は軽口のように言った。

「絵を、描いてました」

まっすぐに返され、息を呑む。

じゃあ、ちょっと行ってくるからなと、親方は俺達へ声をかけて一人でバンへ乗った。

「親方はどこへ出かけるのですか」

加賀君が聞いてくる。

「ああ、役所へ申請の書類を提出に行くんだよ」

親方は軽くクラクションを鳴らし、手を挙げてからバンを出して行った。

「この暑さのなかでも厚手の長袖を着て、親方は寒がりなんですかね」

見送りながら加賀君は言った。

「こんな天気で作業していたら暑いに決まってるじゃないか、脱げないだけだよ」

「作業着が脱げないのですか」

「ああ、全身にモンモン背負ってるから」

首を傾げた加賀君はすこし間があいてから、理解した驚きに身体を震わせた。

散水栓で顔を洗っていた高俊が、頭に巻いた手ぬぐいを外して拭き、傍に寄ってくる。

「俺達も飯を買いに行くか」

高俊がそう言ったとき、玄関から家主の奥さんが出てきた。

「今、誰か車で出かけちゃった」

「ええ、親方が役所に用事があって出かけました」

俺は奥さんにこたえた。

「いつ帰ってくるの」

「たぶん、二時過ぎぐらいには」

「あら、先に言っておけば良かった。お昼ごはん用意してあるから、みんな食べて」

奥さんは家のなかへ手招きする。

「おかあさん、俺ら、服が汚れてるから入れないよ。飯なんて気を遣わなくて良いからさ」

高俊が愛想良く遠慮した。

「そんなの、あとで掃除すればいいだけよ。もう用意できているから食べて」

奥さんは手招きをやめない。

俺達は目を合わせ、無言で頷いた。

「じゃあ、庭先にシートを敷かせてもらって、そこでいただくよ。なかへ入ると本当に汚れちゃうから」

俺達は折り曲げて使っていたビニールシートを一枚取りだし、庭の芝生へ広げさせてもらった。

奥さんが次々と料理を運んでくる。大きなザルへ山盛りに積み上げられた蕎麦、何列も並べられたおにぎり、皿に盛られた天ぷらの数々、あきらかに量が多すぎる。

「おかあさん、旨そうだけど、さすがにこんなには食えないよ」

高俊が笑って言い、箸を持った。

「なに言ってるの、若いんだからだいじょうぶでしょ」

奥さんは笑ってこたえ、また家に入っていった。

目の前に出された食事を三人で食べ始めると、今度はタバコを一カートン持って出てきた。

「これタバコとお茶代ね」

奥さんは一緒にティッシュの包み紙を差し出す。強い日光でお金が透けて見えていた。

「これは貰えないよ、食事だけで充分いただいてるから」

蕎麦を食べていた高俊は詰まらせるように咳き込みながら断った。

「いつも昼間は家に居ないので、お茶も出せなくて申し訳ないのよ。また明日からも居ないから」

高俊は包み紙を取り、それだけは奥さんに返した。

「最近は誰もいないお宅のほうが多いから、気にしなくていいですよ。食事で充分喜んでますから、これだけは」

そう言って手に持たせると、奥さんは渋い表情で受け取った。

加賀君は高俊と奥さんが話している間も、シートの上に正座して勢いよく食べ続けている。痩せ細った身体のどこに入っていくのか想像もつかない、豪快な食べっぷりに目を奪われた。

「おいしいな。天ぷら、ひさしぶりだ」

加賀君は独り言のようにつぶやき、かき揚げを頬張る。

その言葉に気づいた奥さんは、加賀君の食べる様子に目元をほころばせる。

奥さんは加賀君の横へ行き、返された包み紙を渡した。

「これ、お菓子でも食べて」

加賀君は慌てて返そうとするが、奥さんは加賀君にしっかり握らせ、戻させようとしない。

加賀君は助けを求めるように高俊を見る。

高俊は溜息をついた。

「おかあさんによく御礼を言ってもらっておきな。良かったな、これで今晩も飲めるじゃないか」

高俊は諦めたように口元を緩めた。

「あら、お酒好きなの。そんな風には見えないのにね。うちの主人が飲まない物があるから、持って行きなさい」

奥さんが満面の笑みでまた家に入っていく。

加賀君はどうしていいのかわからないように顔を強張らせ、箸と包み紙を持って固まっていた。

高俊はその様子を見て、頭を抱え笑った。

要領が悪く思える加賀君の方が、俺よりお客さんに好かれているのは確かだった。

眼科の診察が終わり医務室を出ると、すでに産婦人科から戻ってきていた亜佐美が待合い用の椅子に座っていた。手帳を広げて眺めている。

出てきた俺に気づき、大きな白い革のバッグへ入れて抱え、立ち上がった。

「遅かったね、なにかあったの」

「混んでて待たされる時間が長かっただけだよ」

「異常があったわけじゃないよね」

「だいじょうぶだよ。そっちはどうだった」

「順調だけど、もっと食べろって言われた」

妊娠していても外見上はまだ全く変わらない亜佐美を連れて歩くと、俺が付き添われているような気分になった。

車で病院まで行こうと言ったが、天気が良いから外を歩きたいと亜佐美に押し切られ三十分かけてここまで来ていた。誰に見られているか分からないのでなるべくなら歩かせたくはなかったのだが、亜佐美はそんな俺の気持ちを理解してくれない。医者や看護師さんだけでなく傍に住む亜佐美の両親にも心配をかけているのに、亜佐美はヒールの高い靴を脱ぐことを頑なに拒んでいる。最近になってやっとワンピースを着るようになってきたが、お腹の目立たなかった間は胴回りが出てしまう丈の短い服をかまわずに着ていて、それが亜佐美の両親に見つかると、しっかり言い聞かせないからだと俺が責められた。

病院玄関の外庭に広がるタイル張りの遊歩道を、亜佐美がヒールの底で叩いていくように高い音を響かせる。

柔らかな日差しが辺りを包んでいた。

茂りだした芝生のまわりには車椅子を押された入院患者や、ベンチに座り談笑する人達の姿が見える。庭の中央にある小さな池には子供達が水面間近まで顔を近づけている。乱反射する太陽の光に目を細めながら泳ぐ鯉を覗いていた。

俺は厚手のパーカーを脱いで長袖のTシャツ一枚になったが、黒地のためか日差しを受けて、あまり涼しくならなかった。

「なあ、夏物の服はまだ出してないよな」

「うん」

「どこにある」

「押し入れの収納ボックスの上の段」

「上段にあるのか、危ないからあとで俺が出しておくよ」

「だいじょうぶよそれぐらい、病人じゃないんだから」

亜佐美はそうこたえ、わりと速いペースで歩いていく。俺はその後ろをついていった。

「さっきの話の続き聞かせてよ。それで豆電球君は毎晩、高俊君に連れられて飲みに行ってるの」

「ああ、ここのところ連日だな。毎朝よろけながら辛そうにして出てくるよ。それでも夕方には高俊についてまた行くからな」

加賀君に会ったことのない亜佐美にも姿が目に浮かぶのか、楽しそうに笑った。

「でも、ちょっと飲み過ぎだな。次の日仕事なんだから、酒残らせて出て来るのもどうかと思うぞ」

「先輩に誘われているならしょうがないでしょ」

「それはそうだけど」

「豆電球君はよくお金続くね」

「ぜんぶ高俊が出しているらしいよ」

「全部って、毎晩でしょ」

亜佐美は驚いた顔を向ける。

「ああ、持っていないのに連れて行くから仕方ないよな。絵の学校を出てからなにもしてなくて、手持ちの金が底を突いたから、働きにきたって言ってたよ。昼なんかさ、もとから食も細いんだろうけど、食わずに済まそうとするんだぞ。親方が見かねて弁当を買ってやってるんだ」

亜佐美は歩くのをやめ、遅れて来る俺の隣へ並んだ。

「なんで絵を辞めちゃったのかな」

「さあ、聞いてないな」

「学校へまで行ったのなら、続ければいいのに」

「まあそうだよな」

「ねえ今度、家に呼ぼうよ。夕飯にご馳走を作るからさ」

亜佐美はせがむように、俺の腕を摑んだ。

しょうがない後輩の話題をすこしだけ出したつもりなのに、亜佐美は興味を示したのか、やけに喜んでいる。高俊や親方と同じ反応を、亜佐美からも感じ取れてしまった。

「別に家へ呼ばなくても、見たかったら事務所に来ればいいだろ」

「御飯くらいかわいい後輩なんだから、ご馳走してあげればいいじゃない。千秋だけなにもしてあげてないのは格好悪いでしょ」

仕事を教えてやっている、と言い返そうとしたがやめた。

亜佐美は勝手にかわいい後輩と決めつけて想像を膨らませてしまっている。余計なことを話したと後悔した。

いろいろと聞いてくるが、俺は曖昧に相づちを打って受け流す。避けるように亜佐美よりも前を歩いた。

通りにあるスーパーのなかへ先に入り、買い物カートを用意して待つ。ゆっくりと入ってきた亜佐美の後ろへついて行く。

大玉のトマト、プチトマト、レタス、人参、エリンギやしめじ、鶏のもも肉とささみ、亜佐美が手にする品物を俺は次々と受け取り、カートのかごへ入れていった。

俺になにか食べたいものを聞くようなことはもうない。亜佐美の作る物に文句を言うこともないし、食事自体にこれといって俺が興味を示さないからだ。お腹が空いたら有る物で腹を満たせればそれでいい。以前に繰り返した極度の減量によるせいだろうか、甘い物が食べたくてどうしようもない発作的な衝動に駆られることもたまにあったが、それも最近ではほとんどなくなった。

自分が食べることよりもむしろ、亜佐美の食事が気になる。

まさかダイエットをしているわけではないと思うが、どうもカロリーの低い物を選んで買っているようにしか思えない。

俺は買ったことのないお茶のペットボトルをかごへ入れる。

買うお茶はなんでも良いのでいつも一番安い物にしていたのだが、亜佐美はそれがなにか気に入らないみたいで、機嫌を損ねたくないと思い、今回は新製品のよく分からないブレンドをされたお茶を選んでみた。亜佐美は少しだけかごへ目線を落とし、無言で前を向いた。

買い物を済ませ、ビニール袋を手にする。亜佐美の重たいバッグといっしょに持つと、指へ食い込んで痛い。やはり車で来るべきだった。

「それでいつにする」

亜佐美が歩きながら、俺の方を向く。

「なにが」

「豆電球君を呼ぶの」

はやく家に帰りたかった。


辛そうに額を片手で押さえながら、加賀君は出勤時間ちょうどに現れた。全身から酒の強い臭気が熱を帯びて漂ってくる。

「きのうも高俊とか」

「はい、一緒でした」

「遅くなったのか」

「二時過ぎていたのは憶えているんですけど、あとは記憶になくて」

加賀君はそこまでこたえると、事務所の台所へ向かう。自分のマグカップで水を一杯飲み、すっかり慣れた手つきで引き出しにある薬箱を出した。二日酔いの薬を取り、その粉末とともにまた水を一杯、一気に飲み干した。

俺は伝票をバンに積み、荷台の道具に忘れ物がないか確認する。

「すみません、なにか荷物を」

「ああ、全部用意は済んだから」

「じゃあ、運転します」

机にある車の鍵を取ろうとするので、俺は慌てて先に持った。

「いいから、助手席で現場に着くまで休んでろ」

俺は運転席に乗り込み、キーをかける。加賀君が横に座るとゆっくり車を出した。

廃墟が建ち並んだような日曜日の工場集落を進んで行く。道に面した門はどこも固く閉ざされ、人の様子は窺えない。道沿いを薄汚れたコンクリートの壁が無機質に続いていた。休日になるとこの地域が淋しい路地ばかりになったのは、いつの頃からだったのだろう。

道路脇には資材の載ったパレットが所狭しと並んで重ねられ、軽トラックが縫うように走り、まるで自分の領地へ邪魔者が入ったとばかりにクラクションを鳴らしてフォークリフトが道の真ん中を突き進む。どこの建屋からも機械の騒音が響き続け、作業着姿の人で溢れていた。毎日この地域一帯に漂っていた金属と薬品が混ざり合ったような独特の臭いは、そういえば気づかないうちになくなっていた。

住宅街を抜けた辺りで、助手席から寝息が聞こえはじめた。そのままなにも声をかけず、大通りに出てすぐの場所にあるコンビニへ立ち寄った。

朝食にコッペパンと紙パックの野菜ジュースを選んだ。あの様子じゃ食べられないだろうなと思い、二つずつ手に取り、かごへ入れた。

「おはよう、今日の出番は千秋ちゃんだけなの」

レジに立つ店長が話しかけてくる。禿げ上がった広い額が油光りし、顎には鬚がまだらに生えてきている。まだ肌寒い深夜の臭いを店長から感じた。

「いや、新人と二人」

店長はかごから品物を取り出し、ビニール袋に入れていく。

「奥さん、まだ交替に店へ出て来ないの」

「休日だとゆっくりなんだよね。おかげで眠くてしかたないよ」

「徹夜仕事だとたいへんだね」

「ほんと、はやく交替して床につきたい」

店長から袋を受け取り、店を出た。バンに戻ると加賀君は席にうずくまるようにして寝入っている。

ダッシュボードへ袋を置き、すぐに車を走らせた。平日の混雑とは違い、空いた大通りは走りやすい。赤信号で停まった時を利用して、パンの袋を開け、かじりつく。カーラジオから天気予報が流れ、午後から雨だと告げていた。パンを手に持ったまま、運転席の脇に挟んで置いた伝票をめくる。野外作業がないのを再度確認し、頭のなかで仕事の段取りを整理した。

運転しながら半分ほどパンを食べ終えた頃に、今日の現場へ到着した。

町役場の駐車場には外部の車両はなく、俺は裏口の一番傍に車を停めた。食べかけのパンを袋にしまい、眠りこけた加賀君を置いて車から降りた。

当直の職員へ挨拶を済ませ、資材を荷台から下ろす。誰もいない事務所の隅へ運び、塗り直すドアを確認した。クリーム色の表面はノブ付近から手垢にまみれ、薄汚れている。全体が写るようにして黒板をかざす。写真を撮り、金具の部分、周りの床や壁に養生を始めた。建て付けの悪くなっている部分を見つけ、道具箱からインパクトを出して締め付け、補修する。写真を撮り、油を差すと黒板にその内容を記入してまた撮る。面倒な作業だが役場には証明がないと料金の請求はできない。ひとつの作業ごとに黒板を作り写真を撮り続ける。

二人でやれば手間も省けるが、まだ加賀君は起きてこない。予定していた工程に遅れが出ていた。俺が勝手に頭で描いていただけの時間配分だからどうなっても構わないのだが、少しずつ焦りを感じてしまう。いくら後輩を飲みに連れ回すのが楽しくてもさすがに限度があるんじゃないだろうか。

仕事の焦りは苛立つ感情に変わっていく。高俊には今度、釘を刺さなければと思い、作業を続けた。

ドア付近の養生を済ませ、三枚分の研磨を終わらせたところで、事務所にある時計へ目をやった。これ以上はどうかと思い、俺は駐車場に行った。

加賀君は助手席に深く腰を沈め、口を半開きにさせ完全に寝入っていた。

ドアを開けて声を掛けたがまったく反応しない。肩を揺すっても目が覚めそうな気配すらない。

おい、と俺はつい大きな声を上げてしまった。

加賀君は充血した目を大きく開ける。

「あ、すみませんでした。着きましたか」

加賀君は慌てて姿勢を正し、立ち上がる。

「もうなかで作業をしてるから」

それだけこたえて、事務所へ歩き出した。

加賀君が遅れないように急いで付いてくるが、振り向いて状況を説明することはできなかった。苛立ちに任せて怒鳴りつけたりするのも嫌だし、かといって寛容に笑顔で接する気になんてなれない。こういうとき、俺はどんな表情をしたらいいのか。

四枚目のドアに取りかかり、写真の準備をしていると、研磨作業の終わったドアを見ていた加賀君は俺に近寄ってきた。

「手前のドアのペンキ塗り、自分がやりましょうか」

その妙に自信を持った物言いに、なにかが引き攣りあがる感覚が全身を走る。

「塗るのなんて最後にやる一番楽な作業だ。塗装は準備と下地作りが仕事なんだよ」

俺の口調に怒りが籠もっていたのを感じ取られてしまい、加賀君の背筋が瞬時に伸びた。彼は頭をさげて謝り、磨きの道具を準備する。

加賀君に背を向けてドアの写真を撮りながら、俺は自分の感情を抑えられなかったことに後悔した。

まだ日の浅い加賀君を親方と高俊で煽て上げていれば、ペンキ塗りを自分の仕事だと思いこむのも当然だし、一日の段取りだって自分のなかで勝手に計画していただけだ。普段できない建具の説明や補修、細かな磨きの技術を加賀君に教えてあげることは、誰にも今日やれなんて言われていない。予定を立てていたことの全てが先輩風を吹かせたい俺の思い上がりなのではないかと思えてくる。

なにを俺は苛立っているのだろう。

普段通り、一人で作業するときのようにやればいい。理屈ではそう自分に言い聞かせることができるのに、どうしても腑に落ちない腹立ちがこみ上げてくる。

ちょっと常識外れなところを、加賀君から感じずにいられなかった。

俺も働き始めた頃は塗装屋の仕事をよく理解していなかったし、見当違いのことをやってしまったこともある。そんな時、今の加賀君と同じように親方から見られていてもおかしくはないが。職場の後輩とはこういうものなのだろうか。

加賀君にはすでに憶えている簡単な作業をしてもらい、俺は自分で仕事をこなしていった。教えるために声をかけることも最低限にとどめ、あとは見ていてもらうことにした。

昼の時間になっても加賀君はまともな食事を取りたくないらしく、買ってきてあったパンとジュースをあげた。俺も食欲が湧いてこなく、食べかけのパンで済ませた。早く終わらせて帰ろうという話になり、休憩時間も切り上げて二人で仕事を続けた。

夕方まで掛かると思っていた作業も、無駄口すらなく続けたおかげで遅れも取り戻し、午後四時前にはすべての作業を終えた。帰りの運転くらいはさせてほしいと加賀君が言うので鍵を預け、俺は助手席へ乗った。

「道はわかるかな」

「この辺りはだいじょうぶです」

加賀君はゆっくりと役所の駐車場から車を出した。俺は助手席でやることもなく、伝票をめくってみたりしたが、これといって記入作業もない。ダッシュボードに置きポケットのタバコに手をかけたが、タバコが苦手なのを加賀君は隠していると親方から聞いていたのを思い出し、手を止めた。

沈黙が続くと、気まずさが漂った。行きのように寝ていてくれた方が良かったと思ってしまう。

天気の話でも振ろうかと考えたが、取り繕ったみたいで余計に気まずさが満ちてくる感じがするし、遊びの話をすれば、説教がましいことが会話からこぼれてしまう気がして躊躇われた。

「そういえば、実家は東北なんだよね。親御さんはなにをやってるの」

やっと絞り出した言葉をかけた。

「さくらんぼを作ってます」

「いいね、食べ放題だ」

「よく言われますけど、あまり食べなくなりますね。飽きてますし、それに売り物ですから」

「そうだよね」

「時季になったらお持ちしますので」

「いや、別にそんな気を遣わなくても」

なにか催促してしまったようで言葉が出てこなくなった。間が空いてしまう。こんな場面で亜佐美といたらどうするかと考え、俺はまたタバコへ手をかけそうになった。

「本当は実家を継ぎに帰って来いって言われているんです」

加賀君は言った。

「帰らないの」

「ええ」

加賀君はこちらを向かずにこたえた。ガラス越しの前方道路を直視している。

大通りの信号が一斉に赤へと変わり、俺たちの車は流れずに引っかかってしまう。前の乗用車には家族連れが乗っている。後部座席の子供二人が、お互いの顔を摑みあって泣きじゃくっていた。

「絵とかってよくわからないんだけど、やっぱり小さい頃からやるものなのかな」

「人によると思いますけど自分の場合は、小学四年の時からです」

加賀君は喧嘩を続ける子供を眺め、穏やかな表情になって言った。

「小学生の時、たまたまうまく描けた絵を図工の先生が評価してくれて、大人が出す地域のコンクールに送ってくれたんです。そうしたら運良く入選して、すごく褒められたんですよ。今から思えば片田舎の小さなコンクールで神童だ、将来は画家だなんて言われても、リップサービスに決まっているのに、子供だったから言われたこと全部、真に受けちゃって。馬鹿ですよね」

「でも、その頃から勉強は続けてきたんだろ。なのにもう辞めちゃうのかい」

「はい、もう二度と油は描かないと思います」

「どうして」

「才能がないからです」

加賀君はあっさりそうこたえた。

それ以上、絵の話に踏み入れてはいけないような空気を察した。

なぜ田舎に帰らないのかという、質問が浮かんだが、意地が悪く思え、口に出すのはやめておいた。

「千秋さんはボクシングをやっていたんですよね」

加賀君は俺の反応を窺うように視線を向け、また正面へ戻す。

「高俊さんから聞きました。新人王を取ったり、日本ランキングの一位まで登り詰めたそうじゃないですか。凄いですね」

声を弾ませ話す加賀君には目を向けず、俺はサイドガラス越しに過ぎていく並木を眺めた。タバコが吸いたかった。

「凄いことなんかじゃないさ。その程度の奴だったら、山ほどいるよ」

「でも、なんていうか、名前が残るほどのことをしてきたわけですよね。結果があるっていうか、羨ましいですよ」

ぎこちない口調ながら加賀君は言う。

「やっぱり千秋さんも辞めてから、もうボクシングには携わってないのですね」

あなたも才能がなくて辞めたんですよね、そう一瞬聞こえた。

そんな気持ちを込めて言ったのではないのはわかるが、胸に刺さって引っかかり、頭から離れない。なぜ一緒にするような言葉を使うのだろう。二人きりの話に息が詰まる。

「プロを辞めたらトレーナーにでもならない限り、ほとんどの人がそれっきりの世界だから」

俺は平静にこたえる。さらに首を反らし、顔をサイドガラスの方へ向けた。

そうですか、とつぶやく加賀君の声が聞こえ、それきり会話はなくなった。

少しずつ感じてはいたがやはり、俺は加賀君が好きになれない。


アパートの玄関を開けると、トマトソースの臭いが漂ってきた。狭い台所に充満している。

「換気扇、回し忘れてないか」

「あ、ごめん」

台所に背を向け、テレビを見入っている亜佐美は帰ってきた俺に目を向けようともせず、手探りで換気扇をつけた。

「もう夕飯の準備か」

本当は、またトマトか、と言いたかったがやめた。

以前はそれほど好きでもなかったのに妊娠してから亜佐美はトマトの物ばかり食べたがる。トマト自体も食べるが、味がしていれば満足するらしく、なんでもトマト味にされてしまう。食べるものに拘りはないが、こう毎日だとさすがに堪えてはくる。

俺は台所に続いた居間のソファーへと腰掛け、亜佐美が見ていたドラマの再放送を眺めた。

「煮込みだけ先に作っておこうと思って。ずいぶん早く帰ってきたね」

「休日仕事で少なかったし、休憩も取らなかったから」

「ねえ、今日は豆電球君と二人だったんでしょ」

「ああ」

「なにかおもしろいことはあった」

「あるわけないだろ、前日の酒が残って寝ていた加賀君の分まで働いただけ」

俺はリモコンを取り、テレビの音量をあげた。

「そういえば亜佐美に言われた、絵を辞めた理由を聞いてみたよ。才能がないからだってさ」

煮物の具合を箸で確かめていた亜佐美は動きを止めた。

少し間があいて、俺の方へ振り向く。

「仕事が終わってから、豆電球君はどうしたの」

「どうしたって、帰ったに決まってるじゃないか」

「帰ってもどうせ一人でなにも用意してないんでしょ。ねえ、夕飯に呼んであげようよ」

俺は呆れながら、亜佐美を見た。

「どうして呼ばなきゃいけないんだよ」

「このまえも言ったでしょ。先輩なんだから、ご飯くらいご馳走してあげてもいいよね」

「それなら今日も朝食、いや昼にたいした物じゃないけど買ってあげたよ」

「ねえいいでしょ、呼んであげれば。一人で家にいてもつまらないだろうし、私たちも二人で食べるより、多い方が楽しいでしょ」

「俺は楽しくないよ」

「なに後輩を呼ぶくらいで、不機嫌になってるのよ」

「別に不機嫌になんかなってないよ。亜佐美が絡んでくるからだろ」

「どうしてそうなるの。千秋がおかしいんじゃないの」

俺がまた言葉を返せば、果てしなく言い返してくることは予測できた。

お腹の出た亜佐美は俺を睨んでいる。換気扇が回っても消えないトマトの臭いが俺にまとわりつき、ふと、俺はここでいったい何をしているのだろうと思ってしまった。目の前に俺の子供を妊んでいる人を前にして、なぜこの状況でこの場所にいるのだろうかと疑問が浮かんだ。

「ちょっとタバコを買ってくるよ」

俺はいつの間にか強張っている自分の顔を撫でる。亜佐美へかるく笑ってみせた。

亜佐美は俺に背を向け、なにも言わなかった。

玄関のドアを開け、表に出た。

外はまだ青空が広がり、日差しも変わっていなかった。今日は息が詰まる思いばかりするなと思いながら、外の冷たい空気を思い切り吸う。タバコはポケットにあるからまだ買わなくてもいい。俺は一服つけるために、アパートのそばにある大きな運動公園へ入っていった。

フェンスの向こうからはボールの弾かれる音と歓声が聞こえ、八面あるテニスコートのどこも人で埋まっていた。外周の歩道を歩いていると、犬の散歩をしている人やマラソンをしている人達と大勢すれ違った。芝生の広場前まで行き、眺めるようにして置かれたベンチに腰を下ろす。目の前で小学生くらいの子供達がカラーボールで野球をして遊んでいる。広場の中央にあるトラックには、休みだというのにそばにある高校の陸上部員がそろっていて、四百メートルの楕円の上を、赤いジャージの集団が走り続けていた。

あの同じトラックの上を俺は昔、確かに走っていた。這いずり、何度も倒れ込んだ記憶が蘇ってくる。

八百メートル全力疾走。

短距離でも長距離でもないその中途半端な距離で持てる力をすべて出し切るのは難しい。本来一瞬である自分の限界を少しでも長く、できれば一ラウンド三分間を休みなく、死に物狂いで動き続けられるように走り込む。

一分間のインターバルだけでまた全力疾走をする。それを二十セット、四十周回を繰り返し、あの上で自分を追い詰めることが日課だった。それでも試合が近づくとまだ強度が足りなくて、自分の心臓へさらに負荷をかけるため、マスクを付けたりして走った。真夏でもマスクを付け酸欠状態で顔を真っ青にしながら走り続ける俺の姿を、異様な物でも見るように高校生達が眺めていたのを思い出す。

いろいろなプロスポーツのなかで、ボクシングが一番割に合わないと俺は思う。

肉体も精神も自分の限界までいじめ抜き、研ぎ澄まされてきた二人が殴り合う。デビューしたてなら、片方の練習不足だったり慣れていなかったりで簡単に倒れるが、戦績を積み鍛え上げた上位陣になるほど、人としての差はなくなる。同程度の選手同士が殴り合うのだからお互い潰されない。長時間の疲労と損傷を身体へ蓄積することになり、たとえその試合が終わったとしても残り続けてしまう。仮にもし、そんな状態で一瞬でも気を抜いたりすれば、人は簡単に壊れる。

全力をぶつけ合い相手を殴り倒すという行為のために、身の危険も構わず自分を極限まで追い詰め、見合ったファイトマネーや名声なんてあまりにもかけ離れていると思う。

それでも俺は練習していた。ここで俺は確かに走り、芝生の上に倒れ、もがき苦しんでいた。

才能やセンスで勝ち上がったんじゃない。生まれつきのものがあるなら、俺の目は、壊れたりはしなかったはずだ。

高校生達は走るのをやめ、集合して終礼を始めている。

目の前にいた子供達はいつのまにか野球をやめてサッカーボールを追いかけ回していた。

気がつくと西日が差し、オレンジ色に近い光が辺りを照らし出していた。

ポケットからタバコを一本取り出す。火を付け口にしてみたが、やっと吸えた本日の一本目なのにまずくて仕方がなかった。


「外壁はピンクにしてください」

若奥さんはそう言うと、うれしそうな笑みをこぼしていた。

普段感じたことのない緊張に事務所内が一瞬包まれ、俺達は動けなかった。

ソファーみたいな気の利いた応接の品がない狭い場所で、若奥さんには親方の隣にある俺の席へ座ってもらっていた。来客用のカップにコーヒーを注ぎ、前に差し出す。座高の高い若奥さんは背を丸めるようにして会釈をした。

「ちょっと待ってくださいね」

親方は机の横に置かれたカタログを取り出し、めくって見せた。

「淡い感じのピンクだと梁の部分は落ち着いた塗料で」

「あの、もっと蛍光するような、きれいなピンクにして欲しいんです」

若奥さんは照れ隠しでもするように口元をハンカチで押さえ、声を弾ませる。

「高俊、そっちのカタログを取ってくれ」

加賀君と並んで伝票整理をしていた高俊は、積まれた書類から普段は使うことのない冊子を引き抜いて取り出す。親方へ丁寧に渡した。

「こんな感じですかね」

ページをめくり、新たな配色の資料を見せたが、若奥さんの気持ちが乗らないのは表情から明らかだった。

「もっと鮮明なというか、はっきりしたピンクはありませんか」

親方は頷いてみせるが、納得している様子ではなかった。若奥さんを落ち着かせて考えさせようとしているみたいに感じた。間を空けてから、ゆっくりと若奥さんに語りかけた。

「あることはありますが、木造アパートの外壁用にはあまり使われる物ではなくて」

親方は袖机の引き出しを開け、しまってあった一度も使ったことの無い資料を若奥さんの前に広げた。

「これです。これくらいかわいい、発色の良いピンクでお願いしたかったんです」

若奥さんは満面の笑みをこぼす。

親方は何度も頷いて見せる。カラーサンプルのトーンと、事前に撮ってきていた若奥さんが大家を引き継いだアパートの写真を重ねる。何度も角度を変え、若奥さんの前で照らし合わせた。

「私共としてはかまわないのですが、かなり目立つ外観になってしまって、だいじょうぶでしょうかね」

「はい、お願いします」

「桜色というか、こんな感じもいいと思いますが」

親方は実際に家屋へ配色してあるパンフレットを広げ、一般的にあるようなもっと薄めの色をもう一度若奥さんに見せてみるが、もう気にも止めてもらえなかった。自分の気に入ったカラーサンプルの方ばかりに目が行っていた。

「ほんとうにこの濃いピンクでよろしいですね」

「はい」

「わかりました。では、屋根や梁などの配色は」

親方がピンクに合わせるパターンを提示して、写真にかざし説明する。

若奥さんは自分の頭に完成した姿を思い描くのだろう、案がひとつ出されるたびに目線を上の方にむけ、息をついて考える。

「あの」

突然、背後から声が発せられた。

振り向くと、親方達の打ち合わせを覗き込むような姿勢で立っていた加賀君だった。

「縁の部分にもう一色、このベージュを差すとピンクが浮き上がってきれいに仕上がると思うのですが」

加賀君は身を乗り出し、カラーサンプルを差し出したが、それだけでは説明が足りないと感じたのか、親方達の前に移動して写真に合わせて説明を始めた。

若奥さんは目を大きく見開き、満面の笑みにかわった。

「イメージが変わりますね、それとってもいいです。ぜひお願いします」

若奥さんの言葉に、ピンクの色でも否定しなかった親方はとっさに手で制止を入れた。

「ちょっと待ってくださいね。たしかにもう一色増やせば仕上がりはいいかもしれません が、それだけコストも作業代も、時間だってかかりますよ」

加賀君が料金のかかる提示をしてしまったことに親方はまずいと思ったのか、少し早口になっていた。

親方は慌てて元の案を示すが、若奥さんはもう理想のイメージができてしまったのか、少しも笑みを崩さない。

「毎年のことでもないですし、それで良くなるのなら、ちょっとぐらい高くなっても構わないので」

すでに納得してしまっている若奥さんに返す言葉もなく、親方は諦めた。思いもよらず加賀君の意見が採用され、アパートの塗装工事を始めることになった。

二階建ての建物へ足場を組み、六部屋ある住居者との調整も若奥さんに動いてもらえ、補修から下地作業まで順調に済ませることができた。発注したピンクの塗料も届き、いよいよ外壁塗装に入る。

バケツに注がれた初めての色に、加賀君の希釈作業を全員で囲みながら注目していた。

塗装の持つ独特な粘質もどこか違うように見え、攪拌機の先で渦を巻き、クリームのようだ。光沢に負けないほどの鮮明なピンクが流れている。地面に置かれているだけでも色は映え、存在感を放っていた。

「俺、最初は親方の言うとおりに桜色っぽい塗料へ変更させたほうがいいって思っていたけど」

しゃがみこんだ高俊は、バケツのなかの塗料を間近で見つめて言う。

「この色で仕上げるのも、いいかもしれないな」

高俊の隣へ腰をかがめ、注がれたバケツを持ち上げた。

刷毛とローラーを手にして足場へ向かった。

今までにない色目を使う。

その派手さからなのか、不思議と気分が高揚した。

普段と変わらない作業なのに、壁に色を塗ることが楽しくなる。絵を描くというのは、こんな気持ちになれるのだろうか。

高俊も加賀君も、親方ですら無駄口を利かない。作業に気合いが入っていて、現場全体が引き締まっていた。全体にピンクの塗装を済ませ、いよいよ加賀君が提案した縁取りのために養生を始めた時だった。

シートの内側へ一人の婆さんが勝手に入ってきた。

足場の下で、乾いたばかりの壁に手をやり、呆然としている。

「大家さん、どうも」

親方が声をかけた。

「これはいったい、どういうことね」

婆さんはその一言を吐き出すように言うと、壁を見て、微動だにしない。

親方は婆さんにシートの外へ出てもらうよう、お願いした。俺達もいったん作業を止め、足場から降りていく。

「若奥さんからこの色でぜひにと、ご注文がありまして」

親方が頭をかるく下げながら、背の小さな婆さんに姿勢の高さをあわせる。

「あの馬鹿嫁」

声を震わせ、はっきりとそうつぶやいた。顔が見る間に紅潮していく。

「以前もあんたのとこへ頼んだのに、なんでこんなこと、平気で請けるんだ」

婆さんが怒りを爆発させる。親方に食ってかかるように怒鳴り散らした。それを見ていた高俊が咄嗟に前へ出る。

「ちょっと待ってよ、親方だって本当にこの色で良いのか何度も確認したんだ。それに決めて契約したのは、大家さんが寄越した身内の人間だろ」

高俊は腹立ちを隠そうともせず、婆さんに声を荒らげる。

「結局は金か。あんたらは契約するならなんでもやるのか。此所で仕事するのも二度目なら、こんなおかしなことぐらい職人ならわかるだろ」

「おかしくはないだろ、色は派手だけどきれいに仕上がってるじゃないか」

「こんな尋常でない色、きれいもなにもあるか。普通のアパートで普通の店子がいればいいんじゃ。この色のせいでおかしな入居者が集まってきたら、おまえは責任を取れるのか」

婆さんはさらに声を荒らげて喚き立てる。住宅街に響き、向かいの家の人が二階のベランダから顔を出してこちらを窺っていた。

結局、親方と婆さんの二人で話し合い、決着がついた。加賀君の提案した計画もすべて破棄され、翌日から汚れの目立たない元の薄いグレーに外壁は塗り直された。

塗装も終わり、足場のかたづけをしていたとき、若奥さんは現れた。

道の向こう側に立ち、俺たちの作業を見つめて泣いていた。目元を真っ赤に腫らし、嗚咽に耐えきれず肩を揺らしながら、小さな女の子みたいに泣きじゃくっていた。

若奥さんのもとへ全員が歩み寄っていく。俺は車のダッシュボードに詰めてあった貰い物の手ぬぐいを取り、ビニールを破って奥さんに差し出した。

若奥さんは頭を下げ、受け取った手ぬぐいで濡れた目頭を押さえる。

「重ねて塗ることは建物にもいいですし、目立つ下地なら剝げてもすぐにわかるので補修しやすいです。やったことは決して無駄になったわけじゃないですから」

親方は若奥さんをなだめるようにやさしく声をかけた。

若奥さんは小刻みに何度も頷き、申し訳ありませんでしたと、震える小さな声をだす。

「そうですよ、無駄なんかじゃなかったです」

加賀君が声をあげた。

「僕、建物を塗って、初めてうれしかったです。奥さんのセンスでまったく別の物に新しく生まれ変わったみたいで、すごく感動していました。決して無駄になったわけじゃないです」

こみ上げてくる感情を噛みしめるように加賀君は強く言った。

加賀君は俺たちに今まで見せたことのない口惜しそうな表情をしていた。奥さんの瞳からはまた涙が溢れる。嗚咽で喉を詰まらせながら、掠れる声で加賀君に、ありがとうと言った。

若奥さんは顔をあげる。シートもはがされてむき出しになったアパートを見あげた。良く晴れた青空の下で、塗り直されたばかりの建物が艶やかに光っていた。薄いグレーの配色は周りの家や町並みによく合っている。

今はまだ発色はいいが、やがて新しい塗装は天日の元に晒され、劣化し色褪せていくだろう。この建物も周りの住宅と同調して景色に埋もれ、いずれ消えていく。


「こんにちは」

事務所へ来るなんてひとことも言っていなかった亜佐美がガラス戸を開けて、なかへ入ってきた。

それぞれの席で明日の準備をしていた手が一斉に止まり、全員が顔をあげた。

「亜佐美ちゃん、しばらく見ないうちにすっかり妊婦さんになってと言いたかったが、本当に妊婦さんなのか。ちょっと痩せすぎじゃないか」

最初に声をかけた親方も、高俊でさえも、亜佐美の姿を見て驚いた表情を隠せない。以前と変わらない巻いた長い髪に化粧、少しだけ張ったお腹はピンクのワンピースで隠しているがスカート丈はミニの短さ、履いている茶色のブーツはヒールが高い物のままだ。華奢な体つきでそんな格好をすれば、どう見ても妊婦だとは思えない。

「千秋にちゃんと飯を食わせてもらってるのかよ」

高俊が言った言葉を、俺は今までに何度浴びせられただろうか。亜佐美を会わせたくなかった。

「何をしに来たんだよ」

俺は言った。

「何しに来たはないでしょ。でかけて傍まで来たから、迎えに寄っただけじゃない」

亜佐美の機嫌良さげなその返答は、あきらかに作り物だ。

「はじめまして、加賀君ね。本当だ豆電球そっくり」

加賀君の席の前へ立った亜佐美は、なんの躊躇いもなくそう言った。俺は息が止まり、頭の中が真っ白になる。

加賀君は慌てて立ち上がり、亜佐美へ深々と頭を何度も下げ、挨拶をした。

「ねえ加賀君、画家になりたかったんでしょ」

「はい、です」

「やっぱりベレー帽とか、かぶってたの」

「いえ、それは」

「彼女とかいるの」

「いえ」

「女の人の絵とかは描くの」

「学生の時には授業で」

「ええ、あるんだ。それなら私の絵を描いてよ」

亜佐美は止まらず加賀君へ話し続ける。

「おい、仕事中だぞ。先に帰ってろ」

まだ質問を繰り返そうとする亜佐美を遮り、出て行くように促した。

「千秋、あとはやっておくから、一緒に帰っていいぞ」

親方は言った。

一人で帰る様子は亜佐美からまったく見えない。このまま居させれば、加賀君を家に呼びかねないと思い、俺は手にした提出用の作業書類を置いて立ち上がった。

「明日、続きはやるから」

俺は椅子にかけたウインドブレーカーを羽織る。

「いいよ、やっておくよ」

高俊が言う。

「待ってるから最後まで終わらせればいいじゃない」

亜佐美の言葉に、やはり帰る気がないのだと察し、俺は亜佐美のバッグを持って事務所の戸を開ける。

不満そうな亜佐美は、せっかちで嫌だと俺の文句を言いながらみんなへ挨拶を済ませ、外へ出た。

夕日に照らされた道を、亜佐美はちょっとふて腐れ、先へ歩いていく。

怒りたいのは俺の方だったが、なにか言えばまた凄まじい勢いで返されるのは明らかだ。

俺は声をかけずゆっくり後へついていった。

「加賀君、真面目そうで良い感じじゃない」

亜佐美は歩きながら、振り向いて言う。

「そうかな」

前方に注意を払わない亜佐美の動きが気に掛かり、曖昧に答えた。

「あの様子はまだ絵に未練があるよ、きっと」

「なんでだよ」

「彼女の話を振ったとき無反応だったのに、私の絵を描いてほしいと頼んだら、目が光った」

そんなことを観察しながら亜佐美は話しかけていたのかと驚いたが、表情へは出さずに並んで歩く。

「俺には困っていたようにしか見えなかったけどな」

そっけなく言って、亜佐美に前を向かせた。

工場の地域から住宅街へ差し掛かった場所で、曲がり角から制服姿の彩香と出くわした。

「彩香ちゃん、おかえり」

亜佐美の言葉に、彩香は耳からイヤフォンをすぐ外す。

「亜佐美お姉ちゃん、ひさしぶり。家に来てたの」

「ちょっと寄ってきた」

亜佐美へ満面の笑顔を彩香は向けている。話し方も小学生の時とまったく同じで、俺や高俊にも見せなくなった態度を取るのが意外だった。

「本当にお姉ちゃん、妊婦なの。細くてぜんぜん変わってない」

彩香の言葉に亜佐美は嬉しそうな笑顔を見せる。

なんで喜ぶんだと、言葉が出そうになった。

「彩香ちゃん、すごく可愛くなったね。学校でもてるでしょ」

「そんなことないよ」

「彼氏いるの」

「彼氏なんてできないよ」

「可愛いんだし、自信持っていいのに。足も細くてきれいだから、もっとスカート短くしちゃえば」

「亜佐美、へんなこと言うな」

黙って聞いていたが、我慢できずに俺は口を挟んだ。

彩香は俺の慌てた様子を見て笑った。

「近いうちに家へおいでよ。着られなくなった服がたくさんあるからあげる」

「え、本当にお姉ちゃんの服をもらえるの。絶対行く」

大喜びで高い声を上げる彩香に手を振り、俺達は歩き出した。彩香のはしゃいだ姿を見るのは久しぶりで、なんだか不思議な気分だった。

「亜佐美の着ていた服なんて、あげていいのかよ。まだ彩香には早いんじゃないのか」

俺は亜佐美の言い過ぎを注意したくなった。

「なにが早いのよ。女の子の成長を認めたくないだけでしょ。娘が生まれたら大変そうで嫌だな」

亜佐美は悪気もなくそう言って息をつく。

「それより、臭いに気づかなかった」

「臭い、なにかしたのか」

「うん、なんでもない」

亜佐美は軽く笑みを漏らした瞬間、ブーツのヒールが古いアスファルトの歪みに突っかかり、転びそうになった。

俺は咄嗟に手を伸ばすが、亜佐美は慣れているのか自分ですぐに体勢を立て直す。また速度を戻し、何事もなかったように歩いていく。

亜佐美はいつになったら、落ち着いた格好をしてくれるのだろう。

背中にかいた汗を感じながら俺はなにも言い出せず、横へ付いて歩いた。

翌日の朝、残した提出用の作業書類を仕上げようと事務所へ早めに出てきたが、すべて終わらせ机の上に置いてあった。

奥の間から出てきた親方に聞くと、加賀君がやったと言った。

借りを作ってしまった形になった気がした。

やることもなく事務所内の掃除をしていると、高俊が出てきたが、加賀君は時間になっても現れなかった。

「夕べも加賀君と遅くまで飲んでいたのか」

親方が高俊へ聞いた。

「昨日は加賀君が珍しく早めに帰りたがったから、飯を食ってすぐ解散したよ。俺も元気だろ」

高俊が言い終えたその時、事務所のガラス戸が開き、息を切らした加賀君が入ってきた。

「すみません、遅れました」

目を真っ赤に腫らした加賀君は、脇にバッグを抱えていた。

「どうしたんだ、寝坊か」

高俊が尋ねる。

「あっ、いいえ、しばらくぶりに鉛筆を持ったので、ちょっと時間がかかっちゃって」

加賀君はバッグから額縁を取り出した。

「色鉛筆で描いただけのものですが、ちょうど貰い物の額があったので入れてきました」

白い画用紙に、亜佐美の絵が描かれていた。

昨日の服装で椅子に腰掛けた亜佐美は目を瞑り、実物よりも大きく脹らんだお腹を、両手で大事そうに抱えていた。

「まだお腹の中だけど、母子像だな」

親方がつぶやいた。

「加賀君、昨日帰ってからこの絵を描いていたのか。やっぱり絵描きって凄いんだな」

間近へ顔を寄せ、驚いた表情で絵を覗き込む高俊を見て、加賀君は照れたように頷いた。

「千秋さんにはお世話になっているので、喜んでもらえたらと」

加賀君はそっと俺に絵を差し出す。

俺は、受け取るのをためらった。

実際に大喜びするのは亜佐美で、俺は正直困るだけだ。

また借りができたというか、なんだか俺がやらせたみたいじゃないか。贈り物なんてひどく媚びられている気にもなる。亜佐美が言ったことくらいで、仕事の日に無理することはないのに。それに色鉛筆だからといって、絵は辞めたはずじゃなかったのか。

腫らした目を向けてくる加賀君から俺は絵を受け取り、ありがとうと言っておいた。


「はい、次は短い支柱のほうね」

二メートルほどの高さにある足場の一段目から高俊は指示を出す。

トラックの荷台に乗った加賀君の頭にはヘルメットがかぶせられていた。上から見ていると右往左往するたびに黄色い電球が揺れ動いているみたいだ。積まれた足場材を確認し、支柱を見つけて持ち上げ、高俊に渡す。

受け取った高俊は二段目で待つ俺に向けて支柱を揚げる。

「離すぞ」

「おう」

俺は下を向きしっかりと手に取り、一軒家の屋根に差し掛かる三段目を組み上げるため、さらに高い位置へ取り付けていく。

「はい、次は手摺りのパイプね」

高俊の早い指示に加賀君は慌てて左右を探し、パイプを見つけるとすぐさま掲げて渡す。

高俊を経由して引き揚げられた手摺りを胴の高さに合わせる。腰道具から取り出したトンカチでくさびに打ち込み、大きな金属の打撃音をあげ、設置していく。

「同じの四本連続でくれ。それから渡すときの掛け声、忘れてるぞ」

「はい、すみませんです」

加賀君は焦って、すこし訛りまじりで謝った。

「落とすと危ないからな。丁寧にな」

高俊は笑顔で手を差し出す。

「はい、すみません、渡します」

「よし。千秋、いくぞ」

「おう」

引き揚げられた手摺りをトンカチで叩き、連続で繋げていく。

「どうもお騒がせしております」

高俊が大きな声をあげ、ヘルメットをかぶったまま頭を下げた。建物の前にある道を歩く通行人が、こちらを眺めている。

「お騒がせしております」

俺も復唱し、頭を下げる。

「お騒がせしております」

加賀君もすぐに俺の後を追い、大きな声をあげる。通行人はわずかに会釈して通り過ぎていった。

「良い声だな。それぐらい大きくていいぞ。次は隣の踏み板を取ってくれ。ちょっと重いぞ」

「はい」

加賀君は笑顔を見せ、踏み板を両手に抱えて持ち上げた。

住宅街に現場の作業音を響かせ、俺達は建物を覆う足場を組み立てて行く。

塗装屋なんだから、鳶よりも気を引き締めてやれよ。食べ物はよく嚙んで食べないと腹こわすからな。

足場に立ったばかりのころ、親方からよくそう言われた。

塗装屋には自前の足場を持たず、外注する業者も多い。専門の鳶に任せて仕事を分担した方が、手間も負担も少ないはずだ。余計なことは省き、効率よく仕事をまわせば金にもなるはずなのに、親方はそうしようとはしなかった。組みやすくなった新しい足場材がでると、躊躇なく大枚を叩いて買い換えた。左官仕事や壁紙張りでも一緒に頼まれれば請けてくる。壊れた屋根や壁も大工を呼ばずに自分達で直そうとする。現場でかかる手間は惜しまない。なんでも食べなければ大きくならないと笑って言うが、きっと俺達に腹一杯食べさせたくて、親方は仕事を選ぶ。

塗装道具を一切持たず、腰道具を巻いて一日作業をする俺達は自分達が請けた現場の味を嚙みしめて作業をする。

「休憩にするぞ」

高俊が声をあげる。

一瞬、耳を疑う。エンジンが掛かってきたところでなんでやめるんだと思い、手を止めた。行程もたいして進んでいない。休憩するには中途半端だ。まだ早くないか、と声をかけ続行させようと下を向いたとき、高俊よりも先に、大きく揺れる黄色い豆電球が目に入った。

「おい加賀君、座れ、座れ」

高俊の声を聞き、ふらついている加賀君は積まれた足場材にもたれかかりながら、荷台の上にへたり込んだ。

手摺りに付けた落下防止のランヤードを外し、高俊は足場から降りていく。

加賀君は肩を揺らし、ひどく息切れしていた。鼻から笛みたいな高い音を立て、口を開けたまま荒く呼吸を繰り返す。自力でヘルメットを脱ぐと、顔も豆電球頭も真っ赤に発熱し、バケツで水をかぶったみたいに汗でびしょ濡れだった。そんな苦しそうな状態なのに、上から様子を見ている俺に気づき、目を細めて笑みをこぼす。

「加賀君、これを首の後ろに当てろ」

高俊は散水栓で濡らしてきた手ぬぐいを一枚、加賀君に渡す。

「すみませんです」

加賀君は冷たいはずの手ぬぐいにも反応せず、首に当てる。

「降りられるか」

「降りられます」

あおりがはずれているトラックの荷台から座った姿勢で足を降ろし、地面に立ち上がった。

「建物の裏側に行けば日陰だから、玄関先のレンガ敷きのところで寝てろ。この濡れた手ぬぐい二枚も持って行って、脇の下へ挟んでおけ」

「はい」

「一人で移動できるか」

「はい」

「おい、どうして笑ってるんだよ。だいじょうぶか」

加賀君は目元が垂れ下がり、にやけた表情をしている。びしょ濡れで滴り落ちる汗も気にせず目の前に立たれると、高俊も普段通り笑い返して良いのかわからないようで、微妙な作り笑顔で加賀君の顔を覗き込んでいる。

「僕は、嬉しいです」

鼻から甲高い音を立てて息を切らし、加賀君は言った。

「嬉しいって、今、嬉しいのか」

「はい。昔から僕は、非力で、馬鹿にされたりしていたので、こういう力のいる仕事を、自分ができていることが、嬉しいなって」

いや、できてないだろ、と思わず口を挟みそうになる。

「そうか、良かったじゃないか。こうしてやっているから、もう馬鹿にされることじゃないさ」

「はい」

加賀君の真っ赤な顔がさらに赤くなって見えた。

「らくになったら散水栓で水飲めよ。休んでいても具合が良くならないようなら、こっちに声をかけろ」

「はい」

加賀君は上半身を揺らし、家の端から裏へ向かっていった。

その姿を消えるまで目で追っていた高俊は、俺の方を見上げた。

なにも言わず、俺も高俊を見つめる。

足場から降りていこうとしない俺の態度で高俊は察し、トラックの荷台へ飛び乗った。

俺は腰道具の袋からロープを取り出す。

片端を支柱の穴に括り付け、もう片方を高俊の方へ投げてやる。

受け取った高俊は、踏み板へロープを縛り揭げる。俺はロープを引っ張り、荷を揚げた。

二人で作業を再開する。

重い支柱を何度も揚げながら、まだ本格的な夏にもなっていないのに、ちょっと動いて逆上せあがる加賀君にげんなりさせられる。導線のように細長いだけの瘦せ細った身体は伊達じゃない。おそらく運動も苦手で、ずっと馬鹿にされてきたのだろうと、言われなくてもわかる。あんな奴が傍にいたら、おまえ、使えねえぐらいのことを昔の高俊なら平気で言ってのけたはずだが、なんだか加賀君の働きに納得しているような、みょうに満足した表情で、本来、加賀君のやるべき立ち位置で支柱を持ち上げる。意味のわからない高俊の寛大な態度に、余計すっきりとしない気持ちにさせられるが、それよりも俺の頭の中に、加賀君の姿が浮かんで離れなかった。

紅潮した顔で笑って俺を見た加賀君の汗は、髪からも顔からも流れ落ちていて、本当に水みたいだったなと思い出す。

なぜか、ちょっと羨ましかった。

あんな真水をかぶったみたいな汗を、俺はいつから掻いていないだろうか。

今の俺は、ヘルメットのなかに巻いた手ぬぐい、火照った顔、まとわりつくTシャツ、湿りだした肌の汗がじっとり絡みつくみたいで心地よいものではない。なんだか粘り気というか、濃縮というか、汗が重たい絞り汁みたいに思えてくる。

これが男の加齢というものなのか、それとも現場の溶剤が身体に吸い込まれているせいで異物でも混ざっているのか、油分みたいな違う成分でも滲み出ているように感じてならない。

これくらいの力仕事ひとつまともにできない奴を高俊みたいに許容する気はまったく無いが、噴き出した大量の汗に瞬きもせず、俺を見て笑った姿が頭に浮かんだ。日の光が降り注ぐなか、水浸しでへたり込むことができるなんて、正直羨ましかった。

「なに仏頂面して作業してるんだよ。おまえも休みたいんじゃないのか」

高俊が作業の動きを止め、俺を見上げる。

「いや、まだぜんぜんだいじょうぶだ」

「それなら受け渡しの時に、ちゃんと声出せ。基本だろ」

「ああ、出してなかったな」

「千秋」

「なんだよ」

「現場なめんなよ」

高俊はにやりと笑い、作業を始めだす。

その言葉を俺に向けるのかと、なにか言い返してやりたい気持ちになったが、すみませんです、とつぶやいて謝った。


心地の良い曇り空が広がっている。

露天風呂のそばにあるテラスはデッキチェアが並び、俺はそのひとつの背もたれを倒し、寝転がった。

湿った生温い風も、サウナで火照っている身体にはちょうど良い。

身体の芯から痺れてくるように爽快感が伝わり、鉛のように重たく堆積していた疲れが抜けていくようだった。

昨日の夕方、明日は雨の予報だから休みにしようと親方が言い、休暇が決まった。予報は外れて今も降り出してはいないが、このところ連日で仕事が続き、結果的にはちょうど良い機会だった。加賀君の面倒を見るのも手間が掛かるし、まだ一人前でもないのに請負現場は増えて忙しくなり、働き過ぎだ。身体も気も疲れる毎日からやっと解放され、こうして誰にも邪魔されず空を見上げれば、曇っていても気分が悪いわけはない。

用事があると実家にでかけてくれた亜佐美のおかげで、今日は午前中、泥のように眠り、昼過ぎてから外へ出た。喫茶店で遅い昼食を取ったあと、駅前から出ている無料の送迎バスに乗り、郊外にある大きな温浴施設へ来ていた。すでに風呂へ浸かったあと、サウナと水風呂へ、二度行き来を繰り返している。

ボクサーの現役時代、熱い部屋で無理やり汗を掻いて体重を落としていた頃はサウナなんて大嫌いだったのに、辞めてから高俊の付き合いでたまに訪れるようになると、一人でも来るようになり、どうしてか解らないが毎日でも通いたいと思えるほど好みが逆転した。

揮発性の高い物をいつも身体に吸い込んでるから、サウナで皮膚を抜けると気持ちいいんだよと、疑わしい理由を高俊は言っているが、実際にそう思えてしまうのは本当で、もう加賀君みたいに水のような汗を掻けない自分には、皮膚に詰まった異物を汗で落とし、すっきり洗浄された気になるのは確かだ。熱いサウナで我慢し、冷水におもいきり浸かる。三度目を繰り返し、また横になると、身体を満たしていく心地よい充足感に包まれ、意識が鮮明なのに薄れていきそうになった。これが身体に良いのか悪いのかは解らないが、サウナ通いはやめられそうにない。まさかこんな趣味が自分にできるなんて思いもしなかった。

しばらく休憩したあと、冷えた身体を露天風呂で暖め、浴場を出た。食事処へ行き、生ビールを飲む。ジョッキ一杯をすぐに飲み干し、もう一杯頼んで、やっと落ち着いた。

やはり、こういう時間は必要だ。

久しぶりに一人で過ごすと、亜佐美に付き合わされずこうやって風呂へ来られることが、運の良いことにさえ思えてくる。きっと子供が生まれたら、さらに振り回され、休みの日に好きなことをするなんて、はたしてできるだろうか。子守を交替制にしてなんとか時間を確保できないかと思うが、不利な条件を突きつけられる状況がすぐに頭へ浮かび、考えるのをやめた。

追加のビールも飲み干し、気分良く施設を出る。

送迎バスに乗り、駅前まで戻った。

たまにはおみやげもいいかと、亜佐美の好きな甘夏のゼリーをふたつ、駅前の洋菓子店で買った。曇ってはいたが雨は降り出さず、そのまま歩いて帰り、アパートへたどり着いた。

部屋の電灯が付いていて、換気扇が回っている。亜佐美が帰ってきているのかと思いながら玄関のドアを開けると、奥の居間で座っている人が目に入った。

加賀君だった。

玄関に入ると、すぐ隣にある台所の前で、亜佐美と彩香が並んで料理を作っていた。

「にいちゃん、おかえり」

俺に気づいた彩香が声をかけてくる。

その声を聞いた加賀君は慌てて立ち上がり、右足を座卓にぶつけた。

「おかえりなさい、おじゃましています」

ぶつけた座卓の上にあったグラスから、お茶がこぼれている。

亜佐美がすぐに行き、台拭きで吸わせた。

「すみません、すみません」

何度も頭を下げる加賀君を見て、彩香は笑っていた。

今、目の前でなにが起こっているのかを察知した俺は、水風呂の後よりも意識が薄れていきそうになりながら玄関をあがり、二個しか買ってきていないゼリーを冷蔵庫へしまった。心地よさも吹き飛びむしろ重たくのし掛かる気分も、こみ上げてくる腹立ちも、すべて飲み込まなければいけないと自分に言い聞かせ、居間へ移動する。

「今日はお招きいただきありがとうございます」

立って待っていた加賀君は俺に深々とお辞儀をする。

「加賀君、堅い、堅い。いいから座ってよ」

俺が疑問に思うより先に亜佐美が受けてこたえる。座卓を挟んで加賀君と対面し、俺はカーペットの床へ直に座った。

「にいちゃんはなに飲むの、コーヒーだっけ」

最近では聞かない彩香の呼びかけに、違和感しかない。

小学生の頃に、よく俺にコーヒーを入れてくれたのを思い出させる。

「もう、二人そろったんだからビールでいいんじゃない」

亜佐美が口を挟んだ。

「ああ、そうだな。加賀君はどう」

「はい、いただきます」

「じゃあ、私も」

「おまえ、なに」

「冗談にきまってるじゃない」

すぐに俺の言葉を遮った亜佐美は、缶ビールとグラスを二つ持ってきた。

加賀君へ形ばかりのお酌と乾杯をして、ビールを口に含む。

苦くてしかたがない。さっき飲んだばかりの美味しい生ビールの味が遠い昔のようだ。

落ち着かないのか加賀君はほぼ一息で、飲み干してしまう。

「噂どおり、強いんだね」

亜佐美がまた平気で噂という言葉を出し、息が止まる。

「そんな強くはないよな。今日は高俊がいるわけじゃないし、無理して飲まなくていいから」

平然とごまかしつつ、飲み過ぎないように釘を刺した。

「いいんだよ、気はつかわなくて。好きなだけ飲んで食べていってね。本当、身体が細すぎ」

加賀君の肩を馴れ馴れしく叩き、亜佐美はお酌をする。

グラスを持った加賀君は、あきらかに緊張した様子でまた一気に飲み干す。わかっていなくてうんざりする。

「おねえちゃん、唐揚げ、もう油から出していいよね」

「うん、全部出して」

自家製のポテトサラダにトマトスライス、揚げたての唐揚げが運ばれてくる。

先に摘まんでいていいと言うので、ポテトサラダを食べる。加賀君は唐揚げを熱そうにすこしずつ口へ入れた。無言になり、気まずい空気が流れる。

「今日はどうしてたんだ」

加賀君の空いたグラスへお酌をして、すぐ飲み干さないように話しかける。

「午前中は寝ていて、それから洗濯して、シャワーを浴びたくらいで」

「え、お風呂はないの」

亜佐美が話に割り込む。

「あるんですけど、一度も使ったことがなく」

亜佐美は驚いてこちらへ顔を向ける。

「お風呂嫌いなの」

「いえ、一人だとお湯がもったいなくて」

「そうなんだあ。それなら、千秋に連れて行ってもらえば良かったのに。どうせ、行ってたんでしょ」

俺はこたえず、ビールを飲む。

「ねえ、彩香。千秋が好きでよく行くところ、わかる」

「スポーツジムとか」

「ちがうの、温泉ランドに行ってるの」

「隣町にある、お年寄りがよく行ってるところのこと」

「そう、それ」

二人で顔を見合わせて笑う。

「それ、じゃないよ。温泉じゃなくて風呂とサウナの温浴施設だし、年寄りは確かに多いけれど、若い奴だって家族連れだっていっぱいいるよ」

亜佐美に言い返すが、静まりかえって何の反応も無い。

「休日になると行きたがってね。サウナにお風呂ってさ、入りたければ家で熱い湯にでも浸かればいいじゃんね。せっかくの休みなんだから、もっといろいろあるとおもわない。ねえ、加賀君」

加賀君は俺の方に何度も目線を向け、困った顔をしてあいまいな返事を返す。

亜佐美と何度もしているやり取りをわざとこの場で話すのは、当て付け以外のなにものでもない。

加賀君は気をつかって俺の様子をずっと見ている。

溜息ひとつ漏らせず、新しい缶ビールを開ける。咄嗟に加賀君は手を出し、お酌をされた。

「本当は、焼き肉とかすき焼きとかにしてあげようと思っていたんだけど、加賀君、ミートソースのスパゲティが好きだって言うから、今日は好物の方を作ったの。また次回ね」

どうしてそんなこと知っているのか、そもそもどうやって連絡を取ったのかとか、いろいろと思うことはあるが、言葉を飲み込み、熱い肉汁に上唇を火傷しながら唐揚げを食べる。

オニオングラタンスープと真っ赤なミートソースがたっぷり掛かったスパゲティが運ばれ、四人で座卓を囲んだ。

なぜこんな状況がおこっているのだろう。ぎこちない乾杯をして食事を取る。美味しいというお世辞ひとつ言う気にはなれない。その代わりに、加賀君がうまい、うまいと連呼し、がっついて食べた。

「彩香は夕飯、作っているの」

亜佐美は彩香のグラスへアイスティーを注ぐ。

「たまにね。今はずっとお父さん」

「二人で食べてるの」

「塾あるし、時間が合わないから別々。帰ってくるともう寝ちゃってることも多いし」

避けているんだろうなと思った。こうやって、彩香と食事をする違和感もあるが、父親へ冷たい態度をとっているのに、普通に受け入れているのはなんだか後ろめたい気持ちが膨らむ。

「加賀君は、だれか作ってくれる人はできたの」

急に亜佐美から話を振られ、ポテトサラダを頰張っていた加賀君は噎せ返る。ビールを一気に飲んだ。

「いえ、いません」

「好きな子とかいないの」

「いません」

「どうせ、高俊君にいろいろ連れ回されているんでしょ」

「いえ」

「好みの子とかいたの」

「いえ、あの」

矢継ぎ早に質問を受け、あきらかに困った顔で目を泳がせ、俺の方を見る。俺に助けを求めているのは丸わかりで、頼むから話を逸らして欲しいと思い、熱いスープを飲んだ。

気の合わない後輩と、人前で態度が変わる親方の娘が同じ場所に居て、勝手に企てを起こし満足する身重の妻から、いったい俺はなにを食わされているのだろう。ひどく喉の通りがわるいと感じながら、腹をふくれさせた。

「おねえちゃん、私そろそろ帰らないと」

食事を終えると、彩香が亜佐美に告げた。

「あ、そうだよね。実家からも昔着ていた服を持ってきたから、欲しいの選んで」

亜佐美と彩香は襖を開け、隣の寝室へ入っていく。加賀君と二人きりになった。

「加賀君、食べたかい」

「はい、もうお腹が苦しいです」

スパゲティをおかわりまでさせられ、席の前の物がすべて無くなっていて、気をつかって食べ過ぎているのはわかった。

「外に出ようか」

俺は立ち上がった。

「あ、はい」

加賀君も立ち上がり、なにも言わず一緒に玄関を出た。

外はすっかり暗くなっていた。

アパートを離れ、住宅街を歩き出す。加賀君は俺の右側を二歩ほど下がって付いてきた。

「今日は休みなのに悪かったね」

俺は首だけ少しまわし、加賀君のほうへ向いた。

「いえ、悪いなんて、することは何もなかったので」

「亜佐美に付き合わせちゃったな」

「いえいえ、夕飯美味しかったです」

加賀君は笑顔で言う。ビールが回っているのかトマトが効いているのか、顔の血色が良い。

「このまま帰っちゃってだいじょうぶだからさ」

加賀君は驚いた表情を俺に向けた。

「あ、亜佐美さんにご挨拶が」

「いいよ、俺が言っておくから。どうせこのままだらだらと引き留めて、飲まされるだけだよ、亜佐美しつこいから」

住宅街を抜け、車通りの多い国道沿いへ出てきた。

待つこともなくタクシーが見え、俺は手を上げて停める。

「乗って」

開いたドアに手をかざす。

「あ、いえ、歩いて帰れますので」

「いいから、いいから。来させちゃったんだしさ、これぐらいさせてよ」

「そんな、でも歩けますから」

「いいから、たまにはこれぐらいな」

すこしばかり強引だとも思ったが、財布から五千円札を一枚渡し、遠慮しようとする手に持たせる。

加賀君はドアの前で姿勢をただし、俺の前に直立した。

「本日はお招きいただき、ありがとうございました」

やっぱり俺が呼んだことになっているのかと真っ向から否定したくなったが、面倒なやりとりをする気になれず、かすかに頷いてこたえ、車へ乗せた。

「また明日な」

「はい」

加賀君の乗ったタクシーが、遠ざかっていくのを見送る。

離れて見えなくなると、やっと溜息をついた。肩から力が抜ける。

酔っ払わせず、意識があるうちに送ってよかったと思いながら、部屋へ帰った。

玄関を開けると、居間には亜佐美しかいない。

「彩香はどうした」

「帰ったよ」

「ひとりでか、送っていくのに」

「自転車で来ているからいいって」

重荷がまたひとつ取れた気分になったのは否めず、俺は玄関をあがる。

「加賀君はどうしたの」

「ああ、帰ったよ」

台所前のテーブルには、まだ大量の唐揚げが積み重なって残っている。これを明日から処分するのかと思うと、食べ終えた胃の中の物がこみ上げてきそうだ。

「ゆっくりできるのこれからじゃない。飲ませてあげようと思って実家でウイスキーも貰ってきてあるのよ」

「もうお腹いっぱいだって。美味しかったって亜佐美に礼を言ってたよ」

「帰ったじゃないでしょ、帰したんでしょ」

抑揚も無く、真顔で言い放つ。

亜佐美の態度はなにも詫びる姿勢すらない。

「ああ、帰したよ。なんでここに居るのかわからないのに、どうしてこれ以上置いておく必要があるんだ」

さすがに我慢がならず、抑えていた口の箍が外れた。

「千秋が呼ぼうとしないから、私が呼んだんでしょ」

堂々と言い切り、亜佐美は威嚇するような鋭い目を俺に向ける。

「どうして呼ばなきゃいけないんだよ。亜佐美には関係ないだろ。それとも、おまえ、俺が嫌がるの、わかっててやってんのか」

口調が荒くなる。

亜佐美の目元が震えだし、下唇を強く噛みしめている。

「それ、本気で言ってるの」

低く、圧し殺された小さな声でそうつぶやいた。

亜佐美はおそらく無意識に、左手でお腹を抱えていて、俺は背中を向け、玄関に立った。

ちょっとタバコを吸ってくると、振り向かずに言い、部屋を出る。

公園まで歩き、広場の前のベンチに座った。

言いようのない激しい苛立ちと後悔がおさまらない。

全身から疲れがこみあげ、額の血管が疼きだした。今日は本当に休日の夜なのだろうか。

これなら仕事へ行っていた方がましだった。

結局、まったく雨も降らないまま、夜空に浮かぶ雲の隙間から星まで見えている。昼間は親方の決定を評価していたのに、今では外れた予測を責めたいくらいだ。

加賀君にも彩香にも納得がいかないし、本当なら勝手に事を進めた亜佐美が謝るべきで、俺はもっと怒ってもいいはずだ。

なのにこうやって出てきてしまっている自分にも、矛盾して虫唾が走る。

休みなんて前もって言わなければ良かった。

休みの日でも普通に仕事へ向かうふりをして、出かけてしまったほうがよっぽどうまくいくと思った。

たて続けに二本吸っても、腹の虫がおさまらず、爛れた上唇が余計に痛みを増す。公園を出て喫茶店まで行き、今日二度目のアイスコーヒーを飲んで気を静めてから、帰った。

電気を付けっぱなしにした部屋に亜佐美は居なかった。

台所のテーブルに置き手紙があり、実家へ泊まりにいきますと書いてあった。

食事の片付けもしないで出て行った亜佐美は一週間帰ってこず、俺は甘夏のゼリーを腐らせた。

初めて試合のリングに立った時、俺はただ眩しすぎる天井のライトへ顔を向けていた。直視できないほどの白い光に、全身を焼き付けられているようだった。アナウンスもセコンドも、なにを言っているのか判らない。いつも練習で上がるジムのリングと同じ広さのはずなのに狭すぎて動けない感覚にとらわれ、観客の野次や視線が身体に突き刺さって痺れていた。目の前にいる対戦選手の体格が俺よりはるかに大きく見え、威圧感で押し潰されそうになる。

怖くて仕方がなかった。

全身から汗が噴き出し、逃げ出したくてたまらないほどそこに立っていること自体が怖かった。

レフリーのチェックもゴングの音も、いつあったのかさえ知らない。気がつくと試合は始まっていた。

いきなり目の前に迫り出た相手から一発顔面を殴られたところで、記憶が無くなった。

次の瞬間、意識が戻ったときに見えたのは、目の前で相手が腹を抱え、倒れている姿だった。俺は腕をレフリーに挙げられていた。その一瞬だけしか憶えがなく、また真っ白になる。

次に意識が戻ったときには、もう花道を引き返し、控え室に戻っているときだった。

「俺、ちゃんと礼をしてましたかね」

記憶が抜けたなかで、試合の結果や内容よりも気になったのは、なぜか試合後の挨拶のことだった。

「ああ、相手方にも客席にもしつこいほど頭を下げてたよ」

セコンドに付いてくれた会長がこたえる。

「勝ちましたか」

「何度言えば気が済むんだ。おまえの勝ちだよ」

俺は頭を下げる。

「足を使うはずだったよな、なんでベタで打ち合ったりするんだ。パンチをもらいすぎるから記憶が飛んでいるんだぞ」

「会長」

「なんだ」

「ありがとうございました」

「さっきから同じことばかり言うな。ちゃんと明日病院に行けよ」

頭の中で立てていた綿密な段取りは、あっけなく崩された。

華麗にステップを踏み続け客を魅了し、相手を倒した後に味わうはずだった満足感も、ガッツポーズを高々と挙げ、強さに満ちた姿を見せつけることも、俺の妄想でしかなかった。

リングの上で恐怖に飲み込まれて記憶が飛び、無意識で戦うとは思いもしなかった。すべてが予想外のプロ初戦で、一番自分自身に驚かされたのは、勝利の喜びが沸き上がってこなかったことだ。

吐くほどの辛い練習を耐えて求めていた、爆発させるはずの勝利した歓喜はどこにもなく、胸の中から溢れてくるのは、感謝の気持ちだけだった。

いつもより一時間も早く起き上がった。

一度目が覚めてから、昔のことを思い返してしまい、また寝入ることはできなかった。

隣で寝息を立てる亜佐美を起こさないように自分の布団をあげる。台所で着替えて身支度を整えてから、部屋を出た。

朝はまだ空気が冷めたくて、ウインドブレーカーのファスナーを首まで閉めた。曇り空を見上げ、今日は天気予報を確認し忘れたことに気づいた。早い時間にも拘わらず部活の朝練に向かうのだろうか、おおぜいの高校生と歩道ですれ違う。朝の混雑も始まっていない国道を見下ろしながら歩道橋を渡った。コンビニの駐車場には店長が箒と塵取りを持って、辺りを掃いている姿が見える。また今日も徹夜明けらしく、大きなあくびをしていた。

住宅街へ入ると、今度はスーツ姿の男性とすれ違う数が多くなる。駅から近い場所でもないのに歩いていく人が多いのは、自転車置き場が有料になったからだと親方が言っていたのを思い出す。工場の地域へ変わると敷地前を掃いている顔見知りの人たちがいて、朝の挨拶を交わした。小さな公園にはお年寄りが集まっている。体操している姿を横目に見ながら倉庫へ入った。

だいぶ早く事務所へ着いたが、すでに親方は自分の机に座っていた。

「おう、もう来たのか」

「ちょっと早く目が覚めて」

「なんだ、年寄りみたいだな」

親方は俺を見て笑う。

俺は自分のカップを取り、インスタントコーヒーを作って入れた。

席に腰掛け、テレビをつける。声を張り上げたキャスターの女性がちょうど、今日は午後から雨だと告げていた。

「午後は隣町の現場の資材搬入ぐらいしかできないな」

親方は伝票を整理しながら言う。

俺はテレビを見たままの姿勢で頷いた。勝手口のドアが開く音がして振り向くと制服姿の彩香が立っていた。普段はまだ出勤していない俺に驚いたのか、一瞬目を合わせたがすぐに顔を俯かせ、軽く会釈した。耳にはいつものイヤフォンが付けられ、塞がれている。

「いってらっしゃい、気をつけてな」

親方が明るい声で送り出す。

彩香は無言で事務室を通り抜けて行った。

「なあ親方、一度俺が彩香に言ってやろうか」

伝票整理の手を止め、親方は俺に向かって弱々しく笑った。

「年頃だから、今はなにを言ってもな」

困ったような表情をするので、俺はそれ以上なにも返さなかった。

事務所の戸が開き、高俊が缶コーヒーの縁を歯に掛けて咥え、入ってくる。挨拶の言葉代わりに片手だけ上げ、自分の席に座った。

「遅かったのか」

親方が高俊に声を掛ける。高俊は缶を手に持った。

「ああ、加賀君がいつにもまして荒れちゃって、手が付けられなかったよ。たぶん今日は出てこれないな」

「自分はだいじょうぶなのか」

「ああ、俺はあまり飲んでないから。ただこう連日だと疲れが取れなくて」

高俊は辛そうにこめかみを押さえた。

「なあ高俊、もういい加減にしろよ」

ちょうど良い機会だと思い、俺は高俊の正面へ向いた。

「もうちょっと声を小さくしてくれよ。頭に響く」

高俊は薬箱から頭痛薬を取り出す。コップへ水をくんで薬を飲むまで黙っていたが、はぐらかされないように俺は身体を向けて正視していた。

「いくらなんでも加賀君を連れ回し過ぎじゃないか。欠勤するまで飲ませるなんてどうかしてるぞ」

まともに目を合わせようとしなかった高俊は気怠そうな表情が打って変わり、俺の方を向いた。

「千秋、違うんだよ」

ゆっくりと受けこたえた高俊は隣の席へ座り、誰も見ていないニュースが流れているテレビを消す。

「俺はもう連れ回してないんだよ。むしろ呼び出されて困っているんだ」

高俊は力なくそう言う。

予期していないこたえに俺は戸惑った。

親方の方へ向くと、知っていたのだろう、頷いて見せた。

「加賀君、酒を飲むっていうより、自分を痛めつけているみたいだろ。最初は付き合っていたけど、さすがに俺もついて行けなくて誘うのやめたんだよ。そうしたら酔った加賀君から呼び出されるようになってさ、ひどいときには俺が教えた店で潰れて女の子から電話かかってきたり。放って置くと何処へ行くかわからないから、ついていってやってるんだよ」

　高俊は息を大きく吐きだす。椅子に座り直し、缶コーヒーを一気に飲み干した。

「親方だって、一緒にいてやれない代わりに居酒屋の自分のボトルを自由に飲ませているんだろ」

　急に話を振られた親方は、俺の顔色を窺うように弱々しく笑って見せた。彩香の話をした時と同じ表情だ。

「調子に乗って俺のボトルはいつでも飲んでいいなんて、加賀君に言っちゃったから。まさか付けで新しく入れるとは思ってなかったけど」

　親方と高俊はお互いを解り合うように顔を向け、笑い合った。

　高俊が連れ回しているわけではないと解ったが、二人の態度はやはり腑に落ちない。

　結局、熱くなっているのは俺だけだ。

　腹を立てたことが空しくなり椅子に深く腰を下ろした。

「それにさ、おまえが一番わかっているんだろ」

　高俊は俺がやった動きと同じように身体を向け、正視してくる。

「なにをだよ」

俺は目を合わせずこたえた。

「あんな飲み方をなんで加賀君がするのかだよ」

高俊は俺の顔を覗き見る。

「わかっているなら、ちょっとはやさしくしてやれよ」

事務室の戸が開く。

真っ青な顔をした、加賀君が入ってきた。

おはようございます、と掠れ声で言う。

「よく出てきたな」

加賀君は親方の言葉にも返事できず、お勝手のトイレに直行した。

「凄いな、あれだけ飲んでよく起きられるよ」

高俊がうれしそうに言う。

「あんな状態で仕事に出てきて、なにが凄いんだ」

まともに指摘した言葉を突くと、笑っていた高俊と親方は静まり、納得するように寂しそうな顔をした。

「もう時間だろ、駐車場に行ってトラックを出してくるから」

馬鹿馬鹿しくなった俺はそれだけ告げ、事務所を出た。

傍の駐車場から足場用の三トントラックを出し、倉庫の前につける。いつものバンには高俊と足取りの重たい加賀君が乗り、トラックの助手席には親方が座った。トラックを先頭に二台で連なり走り出す。途中いつものコンビニにより朝飯を買い、俺はサンドイッチを食べながら運転した。親方は決まって飲む紙パックのコーヒー牛乳を片手に、タバコを吹かす。

「なあ、親方」

前を向き、ハンドルを握ったまま声を掛けた。朝の渋滞が始まった国道をゆっくり走っていく。

「俺も仕事を始めた時は、やっぱり加賀君みたいなものだったのかな」

親方はタバコを口から外し、灰皿に置く。

「おまえは違うよ、最初から真面目によくできていたな。高俊と幼なじみで元ボクサーだっていうから、もっと尖った奴がくるのかと思ったら、おとなしくて拍子抜けしたくらいだ」

親方は俺の方を向いて、笑いかける。俺も横目だけ向けて笑った。

「じきに加賀君も落ち着くと思うから、もうちょっと待ってやってくれよ。今は酒で紛らわさないと耐えられないんだろうからさ」

俺は左手に持っていたサンドイッチを口に放り込んだ。

現場に着き、トラックを停める。

足場の掛けられた一軒家を眺めると、灰色の空が広がっていた。午前中いっぱいも天気は持たないかもしれない。

親方が家主に挨拶を済ませてくると、さっそく作業に取りかかった。

足場を登り、二階建ての屋根に上がる。

昨日済ませた塗装は乾いている。幾重にも重ねられて敷き詰められたカラーベスト材が傾斜に沿って直線を描き、真新しい艶を放っていた。

湿気を帯びた強い風が吹き抜け、ウインドブレーカーのなかが軽く蒸れてまとわりついてきた。

ファスナーを胸元まで開け、ポケットからステンレス製の薄い物差しを取り出す。屋根にかがみ込み、塗装で付着した部材をカッター代わりの物差しで縁切りし始めた時、下の方から大きな叫び声が聞こえた。直後に重い荷物の落ちる鈍い音がする。

「だいじょうぶか」

親方の声が上がる。

俺は勾配のきつい屋根を伝い、声のした方向へ回りこむ。軒先から足場へ渡り顔を出す。下を覗くと、加賀君が地面へ仰向けになっている。左腕を抱え、低い呻き声を上げていた。


「どうしてすぐにそういうことを言わないの」

亜佐美は突然大きな声を上げた。

「別にたいした怪我だったわけじゃないし、亜佐美に知らせてもしょうがないだろ。こんな話自体しないつもりだったけど、あとで知るよりはいいかと思って、いま言っただけだ」

亜佐美に背を向けてソファーの上で横になり、俺はリモコンでテレビのチャンネルを変えた。夕飯に食わされたナポリタンが胸焼けを起こし喉元までこみ上げてくる。苦しくて目の前が真っ赤に染まる気分だ。布団でも敷いて寝てしまおうかと考えた。

「ねえ、聞いてるの」

長い髪の毛先に大きなスポンジのカーラーをつけた亜佐美が、テレビを隠すように俺の視界へ入ってくる。

「それでどうなったのよ」

「そんな高い場所から落ちたわけでもないし、本人も大丈夫だって言ってたけど、親方が一応病院に連れて行った」

本当は親方と高俊の二人で加賀君を連れて行き、俺は残って現場作業をしたのだが、そんなことを言えば、雨が降る前に終わらせなければならない工程なんて解らない亜佐美にまた責められるのは目に見えている。

もう話をやめたいのに、亜佐美はテレビの前から離れない。

「地面へ尻餅突いたときに庇った左手首の捻挫と打ち身で済んだって、戻ってから言ってた」

「戻って、仕事したの」

「本人がやるって言うから片手でやれる簡単な作業だけだよ。これくらいしかできなくてすみませんって頭を下げ続けていたけど、事故起こして、片腕を三角巾で首から吊って謝られてもな」

亜佐美は無表情で俺の顔を覗き込んだ。化粧のない素顔のせいか、薄い眉毛でひそめられるとより冷たい視線に感じた。

「なんかうれしそうね」

亜佐美は言う。

俺は起き上がりソファーの上に座って亜佐美を視界から避けた。

「なに馬鹿なこと言うんだ」

「どうせそんなことになるんじゃないかと思っていたって、心のなかで笑ってるんでしょ」

絡んでくる亜佐美を無視して俺は台所に向かった。コップ一杯に水を汲み、飲み干す。流しから戻ろうとしたとき、ちょうどテーブルの上に置いてあった携帯電話が鳴った。

高俊からの着信を確認し、電話に出る。

「千秋、今、だいじょうぶか」

「ああ」

周りに人が大勢いるのだろうか、通話の向こう側から話し声や雑音が漏れている。

「俺がよく行く駅前のキャバクラあるだろ。加賀君が酔い潰れているから迎えに来て欲しいって、店の女の子に電話をもらったんだよ。まさか今日はないと思っていたから、俺、ちょっと離れた場所に居て行けないんだ。親方も接待に出ちゃってるし、ちょっと千秋、迎えに行ってやってくれないか」

「なんで俺が迎えに行かなきゃいけないんだ」

「そう言うと思ったけどさ、でもあいつ怪我もしてるし」

「事故起こしたその日だぞ。怪我までしてるのに飲みに行くなんて放っておけよ。俺はそんな常識外れな奴に、手を貸すなんて絶対嫌だ。店から追い出すように店員へ言っておけばいいだろ」

高俊からなにも言葉が返ってこないので、俺は電話を切った。

気がつくと俺のすぐ傍に立ち、亜佐美があからさまに聞き耳を立てていた。

「どこで酔い潰れてるの」

「駅前の飲み屋」

俺は携帯電話をテーブルに置き、ソファーに戻って腰掛ける。

「迎えに行かないの」

亜佐美が執拗に追いかけてきて、俺の前に立った。

「そう言ってただろ」

つい口調が強くなってしまった。俺は紛らわすようにリモコンをとり、あてもなくチャンネルを変えた。

目の前に立った亜佐美は目を潤ませていた。

いつもは人のことをきつく言ってくるのに、ちょっとでも俺が強く返すとすぐに泣きそうになる。面倒でしかたがない。

「なあ、どうして加賀君のことを亜佐美に口出しされなければいけないんだ。あいつのことで俺達がもめるなんて、どう考えてもおかしいだろ」

亜佐美をなだめなければと思い、自分の腹立ちを抑えて静かにそう言葉をかける。

「同じような経験をしてきた後輩なんだから、もっと優しくしてあげればいいじゃない」

「一緒にするな」

声が大きくなってしまった。

できるだけ弱めようとしても抑えが利かず、言葉がきつくなっている。俺はリモコンを置き、横を向いて座りなおす。ひざかけに腰を当て、顔をそらすようにソファーへもたれた。

亜佐美は向きをかえた俺を追いかけてきて、また前に立ってくる。

「ぜんぜん一緒じゃないよね。千秋なんかより、加賀君の方がずっとまとも」

「どうしてあんな奴の方がまともなんだ」

「加賀君のほうが、千秋よりもひどく正直な気がするから」

亜佐美は今にも泣き出しそうな顔をしていた。目を光らせ、唇を何度も嚙みしめる。

「眼科の診断結果が出てジムから帰ってきて、私にボクシング辞めるって言ったときのことを、千秋、憶えてる」

「ああ」

「言ったあと、千秋がどんな表情をしていたか知ってる」

俺はこたえられず、黙り込んだ。

「見たことないくらい、気の抜けた笑い顔をしていたんだよ」

亜佐美は俺を見つめる。

「あの時からずっと、千秋はそんな顔をしてる」

俺は立ち上がり、熱を帯びている亜佐美の横をすれ違う。携帯電話を取って、高俊へ加賀君を迎えに行くと伝えた。そのままなにも言わず、普段は持ち歩かない職場用のキーケースと上着を持って部屋を出た。

夜道を小走りで向かい、事務所へ行った。明かりの付いていない倉庫から合鍵でバンを開けて乗る。夕方には止んだ雨も、まだ強い湿気となって残り、ウインドブレーカーを脱いでエンジンをかけると、すぐ冷房をつけた。全身から噴き出す汗に、タンクトップが密着する。運転しながらポケットから出したタバコに火を付け、軽く息切れする呼吸に煙を合わせた。

夜になっても明るい国道沿いの道を行く。夕方の渋滞とは変わりまばらな車通りのなかを流れへのって進み、乗用車を追い越しながら、ボクシングを辞めたときの自分を思い返していた。

力が入らなかった。

診断結果を会長に見せ、あっさり辞める方向で話がされた時、鍛え上げていたはずの筋肉に力が入らなくなるのを感じた。

亜佐美に話したときもただ怠かった。

黙ってなにも話さずに終わらせたいくらいの気持ちだったが、心配を掛けさせてもいけないので仕方なく笑顔だけは作って話したのを憶えている。亜佐美が間の抜けた顔だと思ったのは間違っていなかったし、あの時の脱力感は今でも全身に残っている。

店の前に車を停めて降りた。

ビルの入り口には黒服が立っていて、俺を見るなり寄ってきた。

「高俊から頼まれたんだけど」

黒服はすぐに察し、エレベーターを開ける。

「お待ちしてました、どうぞ」

黒服の案内で店内に入る。

客も二、三席ほどですいていて、どこにいるか探さなくてもすぐにわかった。数人の女の子が待機をしている入り口近くの隅の席に置かれ、もう客扱いではなく加賀君は横になって倒れていた。首から掛けていた三角巾さえ無くなっている。

「どうしようか本当に困っていたんですよ」

事情を説明してきた黒服へ謝り、加賀君を揺すってみるが、唸るだけで起きようとしない。

「すみません、先にお会計だけよろしいですか」

明細が渡され、目を通す。慌ててポケットから財布を出し、手持ちでなんとか足りることを確認して安堵した。

「これでもかなりお安くさせていただいてまして」

俺の焦りを見抜いて、黒服が遠慮がちに言う。

「わかってますよ、助かってます」

俺は金を渡し、加賀君を怪我のない右側から担ぎ上げた。無理矢理立ち上がらされた加賀君は目を覚ました。

「千秋さん、千秋さん来てくれたんですか、すみません」

あまりうまく呂律が回っていない。

まともに歩けない加賀君を左側から支えようとした黒服に礼を言って断った。俺は一人で支え、店を出る。

「怪我は大丈夫か」

首からうなだれて加賀君は顔も上げられない。

「痛くて熱いです」

加賀君を助手席に乗せると、その衝撃が響いたのか唸り声を上げ、苦しそうな顔をした。吐くのだけはやめて欲しいと俺は思いながら車に乗ろうとしたとき、加賀君の自転車が道の隅に置いてあるのに気づき、担いでバンの荷台へ積んだ。

運転席に乗り、やっと車を出す。

「千秋さん、本当すみません」

酔いが回っている口調だった。

「ああ、いいから」

「千秋さん、俺、本当に馬鹿で、迷惑かけてすみません」

「だいじょうぶだから」

適当に相づちを打ってこたえた。

「千秋さん、でも俺、やっぱりあの家、ピンクのままが良かったです。なんで塗り直さなきゃいけなかったんですかね。ピンクのままのほうがいいのに」

加賀君は支えきれない自分の頭を、ダッシュボードにもたれ掛け、言葉を吐きだしていた。

「俺も塗り直したくはなかったよ」

「やっぱりそうですよね、あのままで良かったですよね。いや、まだ終わってなかったですよ、もっといいものになったはずなのに」

声に張りが無くなる。その姿勢のまま熟睡に入ろうとするのを何度も揺すり起こして道を確認し、加賀君の住むアパートまでたどり着いた。

加賀君を降ろして抱える。旗竿地のアパートへ続く細い通路へ目を向け、俺は息が詰まりそうになった。

二人横並びで通るのが限界程度しか幅のない道には、苔が生えた石畳だけ顔を出し、雑草が好き放題に生い茂っていた。黒茶けて煤けた二階建ての古い木造アパートは、裏の雑木林に飲み込まれるように建っていて、覆い被さった葉で一段と辺りよりも暗い。ひどく湿った空気と草いきれが立ちこめ、呼吸が重く感じる。滑る石畳に気をつけて加賀君を引きずり、ゆっくり歩いていく。

部屋の番号を聞き、俺の肩にもたれ掛からせながら一階の一番奥まで進み、蹴っ飛ばせば開きそうな木の扉を確認する。小さな白いプレートに部屋番号だけが書かれて名札はない。ポケットから鍵を抜かせてもらい、開けてなかに入った。

玄関で手探りし、スイッチを見つけた。何処の灯りかはわからないが入れてみる。

ちょうど玄関用の照明で周りが明るくなった。

薄暗がりの部屋を見渡すと、奥にマットレスが敷かれていた。

加賀君の靴をなんとか脱がせる。そのまま引きずって行き、マットの上に倒した。加賀君はいつもの場所だとわかったのか、布団を掛けずに抱えた寝姿になって動かなくなった。

念のため部屋の電気をつけた。鍵は合ったが古い建物なので他の部屋へ勝手に入っているようなことはないか確認する。すぐ足下に加賀君のよく着ているTシャツが脱ぎっぱなしで置いてあり、間違いはなさそうだった。

小さな台所がある板の間、四畳半程度の和室と続き、縁側の場所へ無理に増築されたような二畳ほどの居間が並び、加賀君はそこに敷いたマットレスでカーテンへぶつかるようにして寝ていた。

一階で閉めきっているから仕方がないのかもしれないが、粘度のあるようなまとわりつく湿気とかび臭さを感じる。いまどきシーリングライトにも替えられていない天井からぶら下がった和室用の電灯は暗く、鈍い光が部屋に重たい印象を与えた。

隅に参考書のような絵の本が積み重ねられてあった。建て付けが悪いのか半開きになったままの押し入れには、キャンバスの木枠が積み重ねられているのが見えた。変色して黄ばんだふすまに腰丈ほどの高さのある珍しい折りたたみ椅子が立て置かれて、ふともう一度足下を見ると、部屋のちょうど真ん中で、畳になにか敷いてあった跡があるのに気づいた。畳の周りが色褪せるほどの時間、ここにあった養生の上でなにをしていたのか解った。

部屋に遊ぶ物はない。なにもない寂しい場所だった。

普通の学生なら、ここより狭くても同じくらいの家賃でワンルームの部屋を借りるだろう。ワックスで輝いたフローリング、白い壁、明るい光、家具、テレビやパソコン、ゲーム機。学校に行きながら人並みにバイトでもしていれば、それなりの物は手に入ったはずだ。

玄関先のガラス戸の前に写真がいくつか無造作に貼られてある。

よく眺めてみたが、絵を描く資料で使っていたものか、その景色がどこなのかわからない。

ただ一枚だけ、加賀君が写ったものがあった。

どこから見ても本人だとすぐわかる小学生くらいの丸刈りにした男の子が、大きな絵の前で、胸一杯に表彰状を広げ写っていた。

すっかり寝息を立て、加賀君は熟睡している。

俺は明かりを消し、静かに部屋を出た。

試合もスパーリングも数はこなしてきたが、生涯でたった一回だけの経験があった。その一回すらないままに引退していくボクサーも多いのだから、確かに味わえたあの時間を今でも思い出すことができて、自分は幸運なのかもしれない。

同じレベルの選手同士が戦い、自分達の持てるすべてを出し切ったあとに、能力の限界を超えていける稀な現象がある。

相手はもう引退間近の、七つも歳が離れている髭面のブルファイターだった。戦績も多いだけあって熟練された動きでうまく間合いを詰められ、狭い隙間から巧みに腕を振り回される。まともに当たれば記憶が飛んでしまいそうなその爆弾を必死に避け、カウンターのパンチをあてがっていく。酸欠状態で真っ青になった相手の顔は左まぶたが赤く腫れ、目をつぶっているように垂れ下がっていた。それでも相手はその左の視界に隠れようとする動きが見えなくてもわかるかのように、距離を取りたい俺を追い詰める。やりたい動きをやらせてもらえないもどかしさが焦りを生み、余計に走り回される。スタミナを激しく消耗する。パンチを十分に避けきれず、身体を掠める。竹刀で殴られたような跡が幾重にも俺の身体に残り、腫れ上がる。全身からは激痛が走り、被弾するたびにその重たさに耐えきれず膝をついてうずくまりそうになる。もう体力も限界だった。足は重くステップは踏めない。腕を挙げているのも辛い。自分の身体がどう動いているのかさえわからない。意識が薄れていくなかで、経験したことのない、自分に起こる異変を感じた。

胸の底の方から熱の塊が生まれ身体を掻きむしっていく。

足が止まらない。その熱に振り回されるように、勝手に身体が動いていた。もう自分の脳で拳を振り上げてもいないし、相手のパンチを躱してもいない。殴っても殴られてもその衝撃は伝わらずただ熱で真っ赤に火照り、感じたことのない力で動き続けた。

判定で試合に勝ったのは俺だった。それは本当に一発だけ、まともに相手の顔面へ当たり、体勢を崩したことが外見で評価された。お互いの差なんてなにもなかった。

リングの上で俺は泣いた。

観客の目もかまわず泣きじゃくった。勝ってうれしかったからではなかった。今までの俺は俺でないことを教えられた。思い描いていた自分の限界は、ただの身勝手な妄想にすぎず、たしかに俺は今、その見たこともない自分へ超えて行けたことを思い知らされ、一歩先の世界は必ずあり、そこへ連れて行ってくれたことに感謝の気持ちでいっぱいだった。対戦相手も泣いていた。同じ経験と時間を共有できていたことが伝わり、二人で抱き合った。

対戦相手の彼は俺との試合で満足したと言って、それを最後に引退した。

トラックの運転手になり、元ボクサーの根性を買われて、彼は働き続けた。二日や三日なら寝ずに運転することは普通だった。仕事がある限り、長距離でも休みの日でもかまわずに働きづめた。そんな生活を二年ほど続けたある日、彼は連続勤務に耐えきれず、運転中に寝てしまった。真夜中の高速道路でガードレールにぶつかりトラックを横転させる単独事故を起こして重傷を負い、ハンドルに挟まれた肘の上部を切断した。

鍛え上げた両腕をなくした彼の姿は、今年貰った年賀状に写っていた。長袖のシャツは途中から膨らみがなく、垂れ下がっている。胡座をかいた彼の足の上に座る三歳になった息子は、玩具の赤いグローブを両手に付けて笑っていた。

俺はその年賀状をしばらく眺めたあと、もとあった押し入れの収納箱へしまって戻した。

腕時計を見る。病院へ定期健診に出かけた亜佐美はまだ帰ってこないだろう。

部屋に鍵を掛け、通路沿いに置いてある自転車を引いてアパートから出した。サドルに積もった埃を払い、乗りだす。

ちょうど学校帰りの時間のためか、家のそばの通学路は楽しそうに話しながら歩く高校生で溢れている。

俺はその人波を避け、自転車をこいで行く。混雑のなかを逆行しなくてはいけないこの道を最近は通らなくなっていたが、俺は昔、好んで選んだ。アウトボクサーとして人を躱すことに普段から慣れるためだなんて亜佐美には冗談半分で言っていたが、本当は学生のなかにボクシング好きな奴がいて、俺に気づき、サインを求められたりしないかなんて、期待をしていたからだ。結局引退するまで、そんなことは一度もなかったが。

校門の前を通り抜け、大きな坂を下っていく。隣町へ入り、暫く線路沿いの直線道路を走っていくと、ショーウインドーのように道へ面してガラス張りになった建物があった。散歩の途中だろうか、杖をついたお爺さんがガラスの前に立ち、リングの上でトレーナーとミット打ちをしているボクサーを眺めている。その建物の脇に並んだ自転車の隣へ停める。

ガラス戸を開けてなかへ入った。瞬時に充満していた熱気が全身に伝わってくる。

まだ午後の早い時間のためかそれほどの混雑もなく、八人ばかりの練習生が汗を流していた。リングの脇のスペースで縄跳びをしたり、サンドバッグを叩いたり、各自のメニューをこなしている。鏡の前に立ちシャドーをして、フォームを確認している二人を見ると、女性なのに気づいた。三分間終了のゴングが鳴る。全員が動きを止めて項垂れるような姿勢になり、また強い熱気が伝わってきた。リングの上でミット打ちをしていた練習生は、苦しそうに脇腹を押さえながら円を描いて歩き回り、トレーナーの話に何度も頷いている。

「あれ、今年の新人王候補だ」

背の低い会長は、気がつかないうちに俺の隣に立っていた。深く刻まれた笑い皺に包まれた細い目を俺へ向けると、元ボクサーらしい角度でゆっくり俺の腹に拳を当てた。

「だらしなく太りやがって」

会長は俺を見上げるようにして笑う。

そんな言葉は、昔の削りあげた体型しか知らない会長以外に言われたことがなかった。

「これでも標準体重ですよ」

「そうか」

一分間休憩の終了ゴングが鳴り、また忙しく練習生達が動き出した。

「最近は女の子もいるんですね」

「夜はもっと多いぞ。裏の路地へ入った所にあった倉庫あるだろ」

「試合前、減量のためにストーブ燃やして籠もった場所ですか」

「そうだ。あそこは改築して、いまは女性用の休憩室なんだ」

鏡の前に立ち、わりと様になっている二人のシャドーを眺めた。

「今はもう、男も女もトレーニングで来ているのがほとんどだよ。プロを目指している連中のほうが、肩身が狭いくらいだ」

会長は悲しそうに笑って見せた。

「今日はどうしたんだ」

「しばらく来てなかったんで、たまには顔でも見せようかと思って」

「そうか、塗装屋の仕事は続いているか」

「はい、やっています」

「目の調子はどうなんだ」

「問題ないです」

「それなら、時間のあるときにでも、たまには身体を動かしに来い。チャンピオン目指すわけじゃないんだから、普通にやっても差し障りはないだろう。そうだ、いいものをやろうか」

会長は事務室へ行くと、一枚の小さな紙切れを持って出てきた。

「懐かしい顔も何人かいるはずだ。よかったら見に行ってやってくれ」

コピー用紙で作られた、いかにも手作りの観戦チケットだった。草ボクシング、観戦無料招待券、と大きく書かれた紙にはメインの対戦カードの名も無く、場所と日時が記され、形ばかりの判子をついてあるだけだった。

俺はその紙切れを受け取り、挨拶をしてジムを出た。

熱い室内から温度差のある外気にさらされ、思わず身震いする。そういえば何度もこんな経験があることを思い出した。

ウインドーの前では、杖をついたお爺さんがまだミット打ちの様子を眺めていた。その横には黒いランドセルを背負った小学生も増え、熱心に見つめていた。

トタン屋根の上で加賀君は、磨き作業の手を休めた。マスクを外すとよほどフィルターが汗で湿って苦しかったのか、大きく息を吐く。保護めがねを外し、したたり落ちて溜まった汗を首に巻いたボロ布で拭い、眩しそうに雲ひとつない青空を見上げていた。

怪我も治ってきた加賀君は、作業も覚え、俺たちの仕事に溶けこんでいった。落下事故の後に酔いつぶれて以来、翌日の仕事に影響するほどの深酒はなくなった。飲みに行っても前ほど無茶をしないと高俊がどことなく寂しそうに言っていたのを、加賀君の様子を足場から見上げて思い出した。

加賀君は待っている俺に気がつくと、立ち上がり近づいてきた。二階建ての緩やかな屋根に立つのも腰が引けていたのに、三階の屋根も自然な体勢で歩いている。

何も言わなくても、次の作業の刷毛箒と錆止め剤をしっかり受け取った。加賀君の着ているジャージの袖は粉塵で汚れ、青空のなかで光っている。いつのまにか全体には、それまで現場で使ってきた無数のペンキの跳ね跡がついていた。

作業をしていた場所に戻っていく加賀君の背中を見つめ、俺は足場を伝い地上へ降りていく。布のシートに覆われた一戸建ての玄関へまわり、なかへ入った。玄関から廊下へと養生のシートが敷き詰められ、腰壁や窓の木枠に新しく塗られたニスの臭いが漂っている。

洗面台のある脱衣所へ行くと、狭い室内では親方と高俊が小さな脚立に乗り、天井のクロスを張り替えていた。

「高俊、顔が引き攣ってるぞ。代われ」

洗面台を傷つけないよう、上半身を反らせた無理な体勢で天井に手を伸ばしている高俊は、痙攣する腕を下ろし、脚立から降りた。すぐに俺が上がり、親方の補助をする。

「天井のクロスは割が合わないいんじゃねえの。塗装屋なんだから、こんな仕事まで受けてくる必要あるかよ」

高俊が脚立に乗る親方のふくらはぎをふざけて握る。

「馬鹿、危ないだろ。好き嫌いを言ってないで何でも食わなきゃな、大きくなれないんだぞ」

親方は作業を続け、小さな子供へ諭すように言う。

「大きくなる気があるのかよ」

「あるさ。稼いだ金で宝くじ当てたら、大きなビルを建ててやるから」

付き合ってられないと捨て台詞を残し、高俊はタバコを咥えて外に出て行った。

俺は身体を反らせ、早く終わって欲しいと思いながら親方の作業へ目を向けている。天井に手を伸ばし続ける体勢は親方も苦しいはずだが、決して妥協はしない。寸分のずれもなく丁寧に張り上げていく。

視角に入らないような狭いところへ入ったり、足場の悪い危険な場所での作業にも俺と高俊が手を抜かないのは、たぶん親方の仕事を見てきたからだと思う。なんでも食わなければ大きくはなれない。

天井をすべて張り替え、俺と親方は脚立を降りた。疲労で重みを感じる両腕をさすり、親方と外へ出た。

灰皿代わりに使っている廃棄の一斗缶を道端に置き、高俊はその前にしゃがんでタバコを吸っていた。俺と親方もタバコに火を付け缶を囲むと、いつのまにか屋根から降りていた加賀君が、ビニール袋を片手にぶら下げ歩いてきた。親方にお釣りと領収書を渡す。親方は無造作に作業着の胸ポケットへ放り込むとビニール袋から缶コーヒーを取り出した。高俊はスポーツドリンク、俺は緑茶、買う飲み物が毎回変わる加賀君が今日選んだのは、すぐに喉が渇きそうなミルクティーだった。

穏やかな風の抜ける涼しい日影ができた道端にしゃがみ、水滴の付いたペットボトルをつかんで開ける。お茶を勢いよく飲んでから煙を軽く吸って吐き出すと、腕の怠さが心地よく感じるように変わるから不思議だ。もう一口、含む。

「仕事は終わったのですか」

輪になって休んでいた俺たちへ向けて声がした。

振り返ると、真後ろに施主の女性が一人立っていた。顔を上げた俺に細めた目を向け、流れていってもいない煙を手で払う。

不意を突かれた親方は、驚いてすぐに立ち上がった。

「私共が請けている今日の作業は七、八割方、終わりました」

施主の女性は親方の言葉に反応せず、黒縁のめがね越しに無表情で俺たちを見る。

「よく休みますね。日に何度、休憩を取るつもりですか」

施主の言葉に、俺たちは一斉に彼女へ注目させられた。

全く動じず、まっすぐに休憩中の輪を見下ろす彼女の表情は素っ気ない。

「作業が一段落ついたところでして、肉体労働は疲労も溜まりますので一服取らせて頂いてます」

「疲労ですか。知っていらっしゃいますか、タバコを吸われる方は休憩時間が過多で問題になっているのですよ。あなた方がそうやって頻繁に休憩を取れば生産性が下がり、私達へどれだけの嵩んだ費用が転嫁され支払っているかご理解できますか。この件に関してはリフォーム会社の担当の方と協議をさせていただきますので」

抑揚もなく、静かだがはっきりとした口調で、施主の女性は俺達へ向けて言った。直立した姿勢で冷静な表情を崩さないが、握った拳の内側で親指へ四本の爪を強く立てていた。

「室内の状況を撮らせていただきます」

カードのように薄いカメラをバッグから出す。解かれた親指には赤く爪の跡が残っている。

「状況をご説明いたしましょうか」

「後日また担当者に確認を取りますので結構です」

親方へ見向きもせずに、施主の女性は一人で玄関から入っていった。

「あの、僕はタバコ吸わないので作業に戻ります」

飲みかけのペットボトルを手にした加賀君は、慌てるように立ち上がった。

「いいんだよ。休む時はしっかり休まないと、また高いところから落ちるぞ」

高俊は立ち上がるとバンの後部ドアを開け、膝のあたりまでしかない一番小さな脚立を出した。それを加賀君の前へ設置すると、自分は使わず元に居た位置でまたしゃがみこんだ。

「なにも悪いことをしてるわけじゃないんだ。楽にしてろ」

高俊はそう言うとタバコを咥え、加賀君へ目配せした。

加賀君は申し訳なさそうに脚立を椅子代わりに座った。

「しっかり休んで、良い仕事をすれば良いんだよ」

いつのまにかコーヒーを飲み干していた親方は空き缶をビニール袋へかたづけながら、口元に笑みを浮かべて言った。

「そうだ、この現場が終わったら、みんなで下見に行きたい現場があるんだが」

「みんなで下見なんて、大がかりな作業なのか」

高俊はしゃがんだまま、親方に顔を上げる。

「規模というより、ちょっと特殊な作業だけど、面白いかもしれないと思ってな」

「まさか広い天井のクロス張りじゃないだろうな」

笑いながら高俊は言う。

「違うに決まってるだろ」

親方は高俊の頭を叩こうとしたが、高俊は腕を上げて防いだ。

ドアの開く音がして、施主の女性が家から出てきた。こちらを振り返ると無表情で目を向ける。俺は吸っていたタバコを一斗缶へ捨てた。

「今日の作業終了後にまた担当者と確認に来ますので」

それだけ言うと踵を返し、足早に歩いていった。

「ご苦労様でした」

親方だけが、その背中へ向けて明るく声をかける。

「苦労しているのは俺たちだろ、施主の方で言うのが筋じゃないか」

高俊は消さずに持っていたタバコを咥え、煙を吐く。

「まあそう言うなって」

親方も軽く一口吸うとタバコを捨て、立ち上がった。

高俊も一斗缶のなかに投げ、気怠そうに立ち上がる。親方のあとへついて仕事に戻った。

「加賀君、特に楽しみにしていてくれよ」

親方は振り向いて言う。

加賀君は自分が指名されるとは思いもかけなかったのか、玄関でつまずいた。

「おい、まだ休み足りないのか」

親方は笑う。

加賀君は顔を真っ赤にして首を振った。

俺は足場を登っていった。

屋根の上へあがると、そこには研磨道具と青空があった。

太陽に強く照らされている。

日差しよりも色濃くあたりを包む青空へ吸い込まれてしまいそうで、どこまでも雲ひとつなく広がっている。

高い場所には地面から沸き立つ噎せ返るような土とアスコンの臭いもなければ、家のなかで人が作り上げる生活臭もあがってこない。ここにあるのは空と仕事だけで、時折、自分さえもいないような感覚にとらわれる。こんな時は、気がつくと俺の目はいつも壊れている。さっきまで鮮明に見えていた手元も、広がる遠くの青空も、白いもやがわずかにかかっていた。

手にした道具でトタンの頭頂部にできた微かな錆を磨く。光り輝く粉がもやの中を舞い、鉄粉の臭いが鼻につくとやっと自分がその場所に居て、屋根の上だけれども、地に足が着いた気分になれる。やっぱり地面に俺は戻りたいのだと思えた。

作業を続け、全身が湿ってきた。照り返しを受けて、すぐに保護めがねのなかも汗まみれになり水滴が溜まる。何度も外して汗を拭うが、今日のもやはなかなか晴れてくれなかった。

二時間ほど屋根と向きあい、屋上の工程を終わらせた。

全員が一台のバンに乗り込んだ時には、日はすでに黄色くかわり、傾いていた。

視界もすでに戻っていた俺は運転席に乗り、助手席に座る親方の道案内で車を走らせた。国道沿いの帰り道を通り過ぎ、大きな自動車工場が潰れたあとにできた住宅街のちょうど裏側へ向かった。

昔の光景を思い起こせば、自動車工場の敷地から見て俺たちの小さな工場街のある方が裏側だったはずだ。

自動車工場の大正門から続く道路の脇には主要な部品製造の受注企業がまるで家来のように工場を作り、通りを固めて付き従っていた。何社も数珠つなぎになったその通りには時間に関係なく交替勤務の工員たちや大型トレーラーの行き来があり、喧騒と活気に満ちていた。

大型車両の通行もなくなった大正門の場所は、すでに跡形もなく撤去されている。再開発の話も頓挫し、鉛色のフェンスが立てられたままだ。その光景を横目に通り過ぎていく。鎮座していた子請けの工場があった区画にも細かくフェンスを張られ、割れたアスファルトの間から雑草の生い茂った空き地が広がる。捨て置かれた資材の置き場になっていたり、産廃業やスクラップ工場に変わっている場所もあり、なにをしているのかはわからないが黒塗りの高級車が何台も停まっている倉庫もある。昔のような工員達の屯する姿や立ちこめる薬品臭はどこにもなかった。

車幅の広い道路にあるのは誰も待っていない赤信号だけで、停止線へゆっくり車を停めた。

バックミラー越しに後部座席を見ると、窓にもたれた高俊も、その変わりきって放置された土地を眺めている。隣に座る加賀君は電球頭で円を描き、居眠りを続けていた。

大きな中央通りから道幅が狭い、小さな工場が密集した区画に入ってくる。自動車工場と一緒に逃げることのできなかった直系にない規模の小さな連中は、まだいくつかこの場所に残っていた。

「そこの部品工場の前で止めてくれ」

親方の言葉に、俺は開け放された門の中へ車を入れず、側道に停めた。高俊が加賀君を起こし、四人で車を降りる。親方に付いて敷地のなかへ入るとそこは、高屋根の作業場所になっていた。廃材の載ったパレットとフォークが並び置かれ、作り出された新しいなにかの部品が、品番ごとに積み重ねられている。壁に挟まれて外の光がほとんど入ってこない。その場所だけすでに夕闇が包み薄暗いのに、天井にぶら下がっているハロゲンランプは点灯していなかった。塗装の剥げた天井式クレーンと、屋根を支えている剥き出しの鉄骨を眺める。この塗装を請けようとしているのだろうか。奥の建屋では金物を切る高音をあげ、大型の機械がひしめきあうなかで腰を曲げた年配の工員が作業をしていた。その脇を通り、灰色の作業着を着た恰幅の良い男がやってくる。歩きながら汚れた革手袋を外して適当に放り投げ、首に巻いた白い手拭いで額の汗を拭う。袖周りから肩にかけて作業着が油にまみれて汚れていた。

「どうもご足労かけてすみません」

奥から響く音に負けないように声を立て、俺たちに頭を下げる。

「社長さん、話されていた件で、今日は様子を見にやってきましたよ」

親方も大きな声を出すが、騒音に掻き消される。社長さんは指示を出し、作業を中断させた。年配の工員が機械を止めると工場の中が静まり、広い敷地でもないがそれでも十分に設備の置かれた工場で、作業をしていたのは二人だけなのだと気づかされた。

「忙しそうだね」

「いや、納期が明後日だからこんな状態だけど、もう今月分はほとんど終わっちゃってね。これからどうしようか、そればかり毎日考えてるよ」

社長さんは薄くなっている前髪の生え際をなぞるように、額を指で掻いた。

「ここの壁なんだけどね」

社長さんは俺たちへ手をひろげ、両端の壁を指し示した。高く分厚いコンクリート剝き出しの壁は長年の雨を吸い続け、上部から苔と泥汚れにまみれた黒い染みが蓄積され、まだらな模様ができていた。

「空の絵でも描いてくれないかな」

社長さんは照れたように笑う。

「ここの作業場は外だけど、天井がクレーンやトタンでてっぺんの空を遮っているし、両脇の塀に囲まれて光が差さないから薄暗いだろ。これじゃ気持ちも滅入るようでさ。新しく生まれ変わって明るい工場にしたいんだよ」

俺は親方へ顔を向ける。親方なら、壁を塗るより先に錆の目立つ建物の鉄骨部分を勧めるはずだ。

親方は俺の言いたいことがわかったのか、目配せでもするようにこちらへ顔を向けてから話しだした。

「うちに絵の描ける加賀君がいることを話したら、社長さんから相談を受けてな。一度、現場を見るって話したんだ」

三メートルほどありそうな高いコンクリートの塀は周辺と遮断するために作られているのだから薄暗くなるのは当然だが、汚れを研磨し、灰色の一面に明るい色の塗装をするだけでも、だいぶ工場の印象が変わるだろうと頭に浮かべた。今日のような気持ちの良い青空も見られない場所に空を描くのは、いいのかもしれない。

隣にいる加賀君へ目を向けた。

想像を膨らましているのか、壁を眺めて微動だにしない。頬こけた顔の輪郭が強く結ばれた口元でさらに引き締まり、見開いた目の瞳孔は大きかった。

今までに見たことのない加賀君の表情に、俺は波立つような震えを感じた。脈打ち出した自分の左目蓋へ走る血管を抑えるように手を当てた。加賀君から離れたくなり背を向けて歩いた。

加賀君の隣へ親方が歩み寄る。

「描きたくなかったら断ってもいいんだ、うちで請ける仕事ではもともとないからね。どうだ、加賀君。やってみるかい」

聞かなくてもわかる加賀君のこたえを確認せず、俺は作業場から外へ出て行った。


小さな市民体育館の入り口には、卒業式にあるような立て看板が置かれていた。大会の名前が太字で記されている。一人だけ残っていた受付の女性に券を渡し、案内表を受け取った。プログラムに書いてある対戦カードを見る。時間だとすでに前半の試合が消化していた。カードにある名前を追っていくと女性の対戦が組まれていたのに気づき、トレーニングだけでなく実戦もあるのかと驚かされた。

人影もまばらな館内を歩くと、小学生ぐらいの男の子がはしゃぐ声が聞こえてきた。休憩用の長椅子で家族連れがお弁当を広げて食べている。ジャージ姿の父親の髪は濡れていて、横で男の子が、パパ、パパ、パパと食事に目も向けず興奮したように話しかけている。父親は笑顔でおにぎりを頬張っていた。

入り口と書かれた張り紙のある重い扉を開け、なかへ入る。

声援が重なりあって狭いアリーナに響き、リング上では試合の真っ最中だった。

板張りのフロア中央にリングは設置され、密接して囲むように折りたたみのアルミ椅子が二列ほど置かれている。座席は空いているが、その後ろへ運動マットも敷かれていて、くつろいで見られるためか、客が集まっていた。

通常のボクシング会場ではあまり見かけないお年寄りの姿や赤ちゃんをあやす母親もいた。周囲では子供達が走り回って遊んでいる。プロの試合をするホールの薄暗さも、押し詰められた客から漂う独特の圧迫感もない。四方の高い位置にある窓ガラスからは日差しが降り注ぎ、スポットライトもないリングの上を明るく照らしている。

そのリング上でヘッドギアを着用した男達が凄まじい勢いで拳を交えている。息苦しそうに口が半開きになり、マウスピースが今にも落ちそうだ。それでもひたすら相手に打ち込んでいく。案内表を見るとすべての試合が三ラウンドで、短期戦だからかと納得しながらも、その気迫とスピードに感心させられた。

終了のゴングが鳴った。

一人は首を深く落としながら自分のコーナーに戻るが、もう一人の男はその場でしゃがみこみマウスピースをはずして真っ青な顔で必死に呼吸を繰り返す。観客から笑い声が起き、俺も少し噴き笑いをした。レフリーから呼ばれた二人はリングの中央に立った。腕を揚げられた勝者はしゃがみこんだ方の男で、観客から歓声と拍手が沸き起こった。

二人はすぐに向き合いグローブをしたままで両手を取り合い、何度も頭を下げていた。満面の笑顔で語り合う姿を見ていた俺は組んでいたはずの腕がほどけていて、観客と一緒に拍手を続けていた。試合を終え、ヘッドギアを外した汗まみれの二人の顔は楽しさで溢れ、周りで観戦していた仲間らしき人達に話しながら握手をしたり、挨拶を交わしたりして、退場していった。

次の試合の出場者が交替で入場し、俺はボクサーの姿を確認する。

赤コーナーに立ったのは確かに、ジムで一緒に練習していた先輩だった。五年近く見ないうちに顔も老けているし、体型も丸くなっている。ボクシングをするのにだいじょうぶなのかと思わせるほどだったが、試合が始まり動き出すと俊敏で、昔の姿を思い起こさせた。

懐かしい先輩の体勢や打撃を眺め、俺は小刻みに身体を動かしていた。先輩に乗り移った影のようになって相手の拳を避ける。昔もよくこうして、スパーリングを後ろから見つめていた。

試合が終わったあと先輩へ挨拶を済ませ、まだ何試合か残っていたが体育館を出ていった。駐輪場に置いてある自転車の鍵を外そうとしたとき、すみません、と不意に呼び止められた。

見たことのない中年の男性が一人、立っていた。

上半身はジャージを羽織っていたが、下半身は名前の刺繍が入ったボクサー用の青いトランクス姿だった。昔の知り合いかと思い出すために頭を働かせたが、やはりその顔に記憶はない。

「あの、もしかしたら、以前に日本ランカーだった」

男は俺のことを知っていた。俺は、そうです、とこたえた。

「あなたの足を使った華麗なアウトボクシングが好きで、ずっと応援していました。よかったら握手をしていただけますか」

予期していなかった突然の言葉に戸惑ったが、彼は楽しそうに俺を見つめ、それは試合をやっていた選手たちと同じ表情だった。俺の差し出した手を、彼は両手で握りしめた。

「ありがとうございました」

両手を離すと彼は頭を下げた。

「いや、こちらこそありがとう」

彼は少し不思議そうな顔をしたが、笑顔に戻ると体育館の方へ帰って行った。

俺は自転車に乗り、走り出した。

現役の時には望んでも気づかれないことが多かったのに、今になって握手を求められるとは信じられない気持ちだ。自分のことを今でも知っている人がいるなんて、嬉しさよりも恥ずかしさで汗が噴き出してくる。そういえばボクサーの時のような気持ちでありがとうと言葉にしたのは、いつ以来だろうか。

動揺が収まらないまま自転車で国道沿いの歩道を走り続け、いつも立ち寄るコンビニに着いた。自転車を停めてなかに入ると、ちょうど入り口の傍で宅配の預かり品を整理している店長と目があった。

「あれ、千秋ちゃん。こんな時間にどうしたの」

店長は手を止め、俺を見た。

「俺だけ休みをもらったんだよ。店長こそ今日は昼番なんだ」

「本当は昼間はかみさんが出るはずだったんだけど、体調悪いって言い出してさ。昨日の晩から十七時間働きっぱなしだよ」

店長は顔を引きつらせるような表情で笑った。

「なんだか俺だけ休んで悪いな」

「なに言ってるの、晴れの日が続いているんだから、たまには休みを取った方が千秋ちゃん達はいいよ」

店長と笑いあってから、店の奥へと進んだ。冷蔵ケースからスポーツ飲料のペットボトルを四本取り出していると、バックヤードの扉が開き、中学生が出てきた。

俺や高俊の頃と変わらない制服を着た店長の息子は、彩香と同じ白いイヤフォンを耳に付けている。棚から菓子パンとミントの飴を取ると、店長の方も見ずにそのままレジを通さず出ていった。

ペットボトルを抱えてレジまで行くと、店長が前に立った。

「まったくうちの馬鹿息子ときたら、どうしようもなくて」

つぶやきながら店長はレジを打つ。

「店の手伝いでもしてもらえば」

「手伝いなんてやらないよ。学校終わってすぐ塾だとか言ってるけど、どうせそのへんでうろついて、ろくに勉強なんてしやしないんだ。それに比べて、彩香ちゃんはすごいよね。学力テストでいつもトップクラスらしいじゃない。同じ塾へ通っているのに、なんでこうも差がつくか。親方が羨ましいよ」

まったく知らない話を聞いた俺は、店長から袋を受け取り挨拶をして店を出た。親方はどこまで彩香のことを知っているのだろうか。

袋を持ったまま自転車を走らせ、部品工場の前に着いた。

自転車を降り、門の前から車体を押して入る。

高圧洗浄と研磨を済ませ、下地溶剤を施し、白の下塗りを終えた壁は、それだけで白く輝いていた。

わずかな光しか差してこない工場で浮いているような気もするが、ずいぶんと明るい場所に変わってきたのは確かだ。十分効果を出している壁のさらにその上へ、加賀君は小さな刷毛を使い、薄墨のような色の絵の具で下書きを進めている。歩み寄ってきた俺に気づいた加賀君は、振り返り軽く頭を下げた。

「つい今まで親方と高俊さんも居ましたよ。ちょうど千秋さんと入れ替わりみたいに現場へ行っちゃいました」

「そうなのか、忙しいのに俺だけ休みをもらって悪いな」

加賀君は頭を振って打ち消す。

俺は持ってきたペットボトルをテーブル代わりの塗料缶の上へ置いた。

鉛筆で書かれたスケッチブックが傍にあり、手に取る。俺や高俊にもわかりやすいよう、色分けされた部分へカラートーンの番号が振られていた。

空の絵と言われているが、壁の下部へ緑色の木の頭部が表れ、その向こうに薄い筋が波立つような山並みも描いてあった。雲一つ無い青空が壁の大半を覆っていて、奥行きのある大きな広い空へ仕上がっている。

やはり塗装しかできない俺には描けないものだと、下書きを眺めながら思わせられた。

「太陽は描かないんだね」

俺の言葉に加賀君は手を止め、振り返った。

「ええ、それ自体は描かないですが、しっかりと光が存在するように、壁の東側の方から明るく照らされている感じで配色していこうと思っています」

俺はスケッチブックの下に置かれたカラーのカタログも手に取った。番号のふられた付箋が挟まれ、下書きの絵の番号と確認して見る。

「わりと暗めの色を使うんだな。もっと発色をよくするのかと思った」

数ページにわたる付箋を追い、合わせた色の数々を頭のなかにイメージする。俺の思い描いていた空とは違っていたようだ。壁に照らし合わせて俯瞰しようと顔を上げる。

気がつくと加賀君が作業を止め、俺の方を向いて立っていた。

「やっぱりそう思いますよね。社長さんも明るさを望んでいたし、この日陰の壁にはもっと鮮明な色遣いにしてもいいんじゃないかと迷ってました。親方も高俊さんも、なんだか僕に気を遣ってるみたいで絵の構想にはなにも言ってくれないんです」

二人がなにも口を出さず、加賀君へ任せっきりにしていることを、俺はその言葉で初めて理解した。すべてやらせるなら、そう言っておいてくれてもいいのに。

ちょっと出過ぎた。

まだ体育館での動揺が収まっていなかったのか、調子に乗って絵のことまで気持ちを高揚させている。

専門外なのだから親方と高俊は一歩引いて仕事の成り行きを楽しんでいるのかもしれな

い。というより、俺がいつのまにか加賀君に近い位置へ立って、前のめりな姿勢でこの壁と向き合っていたことに気づかされた。

「千秋さん」

「どうした」

「自分、やっぱり絵が描きたいです」


なにをやっているのだろうと思った。

夜の公園で芝生にひざまずき、激しい息切れに噎せ返りそうになった。横腹が痛い。タバコを吸いに来ただけだった。

だれもいないトラックを見たら、今の自分がどれぐらいの距離を我慢できるか無性に試してみたくて、ベンチから飛び出していた。

夜の九時過ぎにトラックを全力疾走するような奴がいて、ジョギングをしていた人達も驚いただろう。

俺は起き上がり腕時計を見る。悪くない走行時間だと思っていたが、実際は三分も保っていなかった。息切れは長く続いて整わず、俺は公園の外周を軽く走り出した。現役の頃に比べれば体力は計り知れないほど落ちている。

でもまだ、少しはできるはずだ。

体育館でやっていたくらいのスパーリングならこなせるんじゃないか。ガードも付け、あのグローブで打ち合うなら目もだいじょうぶだろう。頭の中で実際に自分が動いている姿を思い描くうちに、不意に自分の想像を掻き消したくなってまた全力で走り、芝生に倒れた。俺はいったいなにをやっているのだろう。

また息切れが激しくなってくる。

外周を軽く流していただけのはずなのに走行が速くなっていた。俺は今度こそ息を整え、自分を落ち着かせたくて、また立ち上がり走らずに、歩き出す。顔から流れ出る汗が尋常ではなく思えた。なにかとてつもなく詰まった汚れが毛穴から崩れていくような気がして、汗を振り払い顔を上げた。

夜空に並ぶ歩道の蛍光灯が目に入った汗でにじむ。

大きく息を吐いて背伸びをすると、脇腹の痛みが不思議と心地よく感じてくる。

ふと人の気配を感じて振り向くと、三人で並んだ女性ランナーがなにか楽しそうに話し、俺を抜かして行った。

現役の時は陸上部の高校生にすら、俺の前を走らせたりしなかった姿が頭をよぎる。

また走り出そうと思ったが足を止めた。

ちょっと迷ったが、俺はポケットのなかからタバコとライターを取り出し、ゴミ箱へ投げ捨てた。


「まずいことになってますよ」

リフォーム会社の担当者は座って話しているだけなのに、大汗を掻いている。

巨漢の彼が座る俺の椅子は会話に身振りが付けられるたび、今まで聞いたことのない軋む音を立てた。話を聞いている親方も、自分の席で事務作業をしている高俊も加賀君も、やはり気になるらしい。音がするたび骨組みへ目を向けていた。

奥の間にある冷蔵庫から氷をもらい、インスタントだがグラス一杯のアイスコーヒーを作り、俺は担当者の前に差し出した。

「どうもすみません、助かります」

彼は一気にほとんど飲んでしまう。

ネクタイの首元を緩め大きく息を吐く。持ってきた写真を一枚、親方の机の前に置いた。

写真には、俺達が写っていた。

現場の前で輪になり、タバコを吸って笑っている。加賀君の持っているペットボトルは、すぐに喉が渇きそうなミルクティーだった。

「よく撮れているじゃないか」

親方が写真を持ち、眺めて言った。

「いや、そういうことじゃなくてですね」

担当者は手に持ったハンドタオルで汗を拭く。

「この写真を持ってきて、作業員が休憩ばかり取って働かないが、この時間分も自分たちが出しているリフォーム費用に入っているのかと抗議してきたんです。それもいきなり私を通り越して、会社の上層部へ抗議にいったんですよ」

担当者はアイスコーヒーへ口をつけ、残った全てを飲み干した。

「職人さんは昼以外にも十時三時や、折を見て休憩を取るものだって施主さんにはしっかり話したのですけどね。それが工程の遅れている原因だとも、逆に叩かれてしまいまして」

「ちょっと待ってよ。うちは予定の作業時間内には済ませているでしょ。遅れたのは前に入っていた、大工や設備屋じゃないか」

高俊が口を挟んだ。

「もちろん、その通り。遅れに関して悪くないのは解っていることだけどね。でも施主さんからは、みんなの休憩している態度が目についちゃったらしくて。現場で施主さんが指摘した後、わざと椅子に座って休憩するような、煽ることしたって本当なの」

高俊は目を瞑り、口を半分開けた。

「ごめん、俺だ」

高俊は力なく言った。

「いえ、座ったのは自分です」

加賀君が即座に打ち消す。

「休憩中に座ってなにが悪いんだ。結局は、費用の問題なんだろ」

親方が言うと、担当者は大きな身体を丸めた。頭を少し下げた窺うような姿勢で、親方へ紅潮した顔を向けた。

「見積もりの段階で金額に不満を漏らしてまして。ネットで探せば、値段だけならいくらでも安い業者はみつかるじゃないですか。施主の奥さんが比較して調べているようでして、細かな材料から工賃までなにかとクレームを入れてくるんです。契約して作業に入っている時点でそんなことを言われても困るのですが、親会社から住宅も購入されていて、私共も強く言える立場になく」

担当者の苦しそうな顔にまた大汗が噴き出す。

親方は腕組みしてほんの数秒、目を瞑る。

目を開けると腕を解き、普段と変わらない穏やかな表情を見せた。

「わかった。うちの作業は四割以上終わっている。ここまでの分は終了時に貰うはずだった代金の二割でいい。その代わりこの現場、降ろさせてもらうよ」

親方はそれだけ言って、奥の間へ上がって行ってしまった。

全員なにも言えず、親方が居なくなるのを見ていた。

「ちょっと待って親方、なにも降りなくても」

一瞬のことですぐ呼び止められなかった担当者が、慌てて奥へ声をかける。

「お願いしますよ、ちょっと高俊ちゃん、どうにか親方に言ってよ」

担当者は困った表情を高俊へ向けた。

高俊は両手を頭の後ろへ組み、椅子の上で身体を反らせて天井の方を見上げた。

「もうしょうがないよ、親の一言が出ちゃったんだから。子は従うだけ」

高俊は楽しそうに笑みを浮かべている。

「そんな、ねえ、千秋ちゃんからも」

今度はこちらへ顔を向けてくる。

「今までの工事代金を半額にさせて、業者は契約解除で責任を取らせましたって言えば、担当の顔も立つでしょ」

俺は別に笑顔を作るでもなく親方同様に普段と変わらず、そう言葉を足した。

「それはそうかもしれないけど、なにも降りなくても」

別の容器に作ったインスタントコーヒーを担当者のグラスのなかへ注いでやった。

「だいじょうぶだよ、親方はこんなことで根に持ったりはしないから。この現場だけ降りれば次からはまたいつも通りにやるよ」

高俊はそう担当者を慰めた。

翌日の午前中、俺は一人で問題の物件へ向かった。

小雨が降り始め、別の現場で作業をしていた三人も手伝いに行こうかと言ったが、なにか揉め事が起きたりすると厄介なので、俺一人でかたづけに来た。

家にかかった足場はうちの物ではなく、リフォーム会社が発注したものだから、撤去する必要はない。

合鍵を使って誰もいない家の中へ入る。

貼られている養生はほとんどうちが準備したものだから、それを一カ所ずつ丁寧に剝がしていった。

外の天気のために室内に光は差し込まず薄暗かった。俺は四つん這いの姿勢で廊下のシートを丸めて行く。

玄関が開いた。

その姿勢のままで背後へ振り返ると、男性と目があった。

「あっ、どうぞ、作業を続けてください。ちょっとなかを見学させてもらいますね」

男性は優しげな口調でそう俺に言うと、玄関に入ってきた。

後ろにはいつも来る女性が立っていて、俺は二人にその体勢で軽く会釈した。

二人は室内を歩き回り、部屋ごとに立ち止まって、なにか小声で話しているようだった。

俺はなるべく音を立てないように廊下の作業を続ける。

五分ほど見て回ったあと、傍へ施主の男性はやってきた。

「どうもお世話になっています」

施主の男性は穏やかな笑みを浮かべ、頭を下げた。

俺は野球帽を頭から取り、立ち上がる。

「今日は監督の方はいらっしゃらないのですか」

「雨なので、室内のかたづけを自分だけでやっています」

そう答えると、男性は咄嗟に俺の手を取り、両手で握りしめた。

「いつも丁寧な仕事をしてくださってありがとう。たいへん感謝しています。あなた方のような素晴らしい職人さんに来て頂いて家が見違えたようです。引き続きよろしくお願いいたします」

男性の手は冷たかった。

笑い皺で穏やかな顔に見えたが、奥にある目が笑っていないように感じ、俺はどんな受け答えをすればいいのか、考えつかなかった。

玄関先で立って待っている女性は、いつもと同じ素っ気ない表情でこちらの様子を見ている。おそらく二人は、俺達が現場を降りたことをまだ聞かされていないのだろう。

「それでは、お先に失礼します」

男性は丁寧に頭を下げ、俺も頭を下げ返した。

二人は足早に出て行く。玄関を閉めるとまた薄暗い現場に戻った。

野球帽をかぶり直してふたたび四つん這いになり、作業を続ける。

男性の冷たい手が忘れられなかった。

言われた言葉を表面通りに受け取ると、女性の方が俺達を良く思っていないだけで、男性は理解があるのだろうか。親方ならどう対処したのだろう。いきさつを話し、もしかしたらこの現場を降りることを撤回しただろうか。俺の行動はこれで良かったのか。うまく話を持って行くことが俺にできたかもしれないのに、手探りのひとつも始められない。施主に感謝されたはずなのに、肌触りの悪さだけが残る。

どう考えても俺達にすべて任せたほうが良かったと思うが、それが解っていないのかもしれないし、もしかしたらお金や仕事のできじゃなくて、解っていてもできないなにかがあるのかもしれない。

養生も資材もすべてかたづけ、中途半端な仕上がりを眺める。もうこの現場には戻ってこないのだと思い、溜息をついて外に出た。

小雨がより細かくなり、霧に近くなっていた。

車内の湿気がひどく、ガラスが曇る。冷房をかけて除湿した。淀んでいた空気のなかに風がまわる。

肌にまとわりつくウインドブレーカーを脱いで、いつのまにか掻いていたTシャツの汗を乾かすように冷気を浴びた。

三人の居る現場へ向かう国道は、視界の悪い前方に車が連なっていて、少し進んで停まることを繰り返した。ブレーキを踏むたびに、足の筋肉痛が疼く。馬鹿みたいに走ってから日は経っているのにまだ残るなんて、どれだけなまくらなんだろう。また大きく溜息を吐いたとき、反対側の歩道を歩く亜佐美を見つけた。

雨の中、こんな場所をなぜ歩いているのかと思い、よく見ると傘を差して男と並んでいる。

驚いてブレーキを踏みそうになったが、進んで近づくとすぐに、亜佐美ではなく、見覚えのある亜佐美があげた服を着た彩香だと判った。

雨と傘で遮られ、車道から離れた反対側の姿は見づらいが、肩の出ている白い服を着たのは明らかに彩香で、隣に寄り添うような微妙な位置で傘を持っているのは、コンビニの店長の息子だ。

雨から顔を避けるように下を向き、なにか話して歩く二人はこのバンに気づくはずも無く、通り過ぎていく。

俺は溜息をまた吐き、助手席に置いたウインドブレーカーのポケットをまさぐる。タバコを捨てたのを思い出し、手を出した。吸いたいというよりも癖になっているのだと気づき、ゆっくりと進む国道を外れ、脇の道へ入った。

このまま現場に合流する気にはなれず、河原沿いの道を進み、土手を越えて野球広場のある駐車場へ入った。

車を停めて背もたれに寄りかかった。作業をしている親方達には申し訳ないがちょっとさぼらせてもらう。ウインドブレーカーを着て、車から降りた。

外の小雨はさらに細かくなり大気に漂っているだけのようで、車や道に当たっても雨音すら立たなかった。ただ、俺と辺りを濡らすだけだ。誰も居ないぬかるんだ駐車場、野球場、雲の形すら無い空、増水している川、すべてが薄暗く灰色に包まれている。こういう時に限って視界は霞んだりしない。うまくいかないことやまとまらない感情も、壊れた目のせいにさせてくれなかった。

おまえ、怖がりすぎだ。

負けてもおかしくなかった最低の試合でランキング一位になった直後、会長に言われた言葉が頭の中に浮かんでくる。

おまえ、本気で闘っているのか。ベルトを獲る気があるのかよ。距離を取れとも、相手の攻撃をかわし続けろとも言ってきたが、逃げ回れなんて教えた覚えは無いぞ。

勝ったあとに受けたのは、観客からの罵声と会長からの叱責だけだった。

前回の試合で簡単に壊れてしまった目という部分が、自分の弱点だと認識した俺は、徹底的に避け続けた。相手のパンチを掻い潜り、気づけばリング上で逃げ回っていた。

怖くて仕方なかった。

打撃を与えても強く踏み込めず、痛手を負わせられない。逆に相手の攻撃を交わすだけで精神的に追い詰められ、自分の歩調で展開できず、ひどく消耗した。

相手のパンチが空を切るだけで怯え、応戦しようと思っても顔を防御した手を崩せなくなり、離れて逃げ回っていた自分の姿を思い出すたび、今でも背筋が震え、胸が痛くなる。両腕をあげ、背を伸ばした。冷たい雨を含んだ空気を胸いっぱいに吸い込む。代わりに熱い息を吐き出した。

なにかうまくいかず、いろいろなことが重なっていく。いっそ、大雨が降って欲しいと思った。ずぶ濡れになって、洗い流して欲しい。

肌にくっついた水分が滴になって額から頬を伝い、顎から落ちていった。こたえは出ていないが、外で立ちすくんで居ただけで身体が冷え、気持ちが収まってきた。意外とタバコがなくてもだいじょうぶだと思いながら、もう一度背を伸ばし、車に乗り込んだ。時計を確認して、駐車場をあとにした。すぐに戻らず、勝手に休ませて貰ってよかった。

混んでいる国道を抜け、三人のいる新しい現場へ着く。空き家のなかでこれからの作業前に、壁や床へ養生を続けていた。

「お、千秋が戻ってきたぞ。飯買いに行こうや」

俺に気づいた親方が階段へ声をあげる。

二階から高俊と加賀君の返事が聞こえた。

「親方」

腰にぶら下げた養生テープを外し、身支度をする親方へ声をかける。

「なんだ」

「なんか、ごめん」

俺の方を向いた親方は目を見開き、身体をのけ反らせる。

「なんだよ急に、気持ち悪いな。なにか、やらかしたのか」

「いや、そういうのはないけど」

「じゃあなんだよ。なにを謝ってるのか言ってみろよ」

「いや、なんとなく、いろいろ迷惑かけてるっていうか、世話になってるなと思って」

親方は首を傾げ、半笑いで俺を見つめる。

「今さら気づいたのかよ」

何度も首を傾げる親方は頭に巻いた手ぬぐいをはずし、顔の汗を拭く。

「しょうがねえな。許してやるよ」

手ぬぐいを持った手で俺の尻を叩き、笑って歩き出した。

壁の下側に連なる山並みに、ごく淡い灰色を塗っていく。

下書きで作られた枠のなかへ塗装するだけでいい塗り絵よりも簡単な作業なのに、なぜか緊張して刷毛の先が震える。あとから加賀君が塗り直してくれるから細かなところまで気を遣わなくても良いのだが、どうしても下書きの縁まで塗る細部にこだわってしまう。ローラーで済ませたくない気持ちにさせられ、刷毛で塗り続けているのは高俊も一緒だった。

俺のすぐ傍に座り、もっと低い場所にある葉の生い茂った樹木の頭部へ緑単色を塗り続けている。

高俊の担当場所こそ加賀君に他の色を混ぜて創り上げられるので簡単な下地作りをしているだけなのだが、顔を壁にこすり合わせそうなほど間近へ寄せ、普段見ることのない強張った顔で刷毛を握り続けている。あきらかに俺と高俊の作業は遅かったが、加賀君はなにも言わず、脚立に乗って空の色を塗っていた。

俺たちより塗りづらい高い場所での作業だが、さすがに要領が良い。もうすでに下地の色は塗り終えられ、その上から色を変えてなじませていく。人の顔でもないのだが、その色彩を見ていると、絵に細かな表情をつけているように思えてくる。

作業場にバンが入ってきた。

他の現場で作業をしていた親方の迎えに、俺たちは刷毛を置いた。腰を伸ばし、自分の塗ってきた場所を確認する。

「ずいぶん変わってきたな」

車から降りた親方は色の載った壁を眺めてつぶやいた。

「今のところ思ったより筆が進んでいます」

加賀君はこたえ、洗い終えた道具をバケツへ入れる。

「こんなに変わるなら、殺風景な事務所へも描いてもらいたいな」

加賀君は照れたように笑い、後部の座席へ乗りこんだ。

親方は助手席に乗り換え、俺は運転席に座ってエンジンをかけた。工場の奥で掃除をしている年配の工員へ挨拶を済ませた高俊を乗せ、車を出した。

ダッシュボードの時計を見る。

予定の時間には余裕を持って間に合いそうだった。俺はゆっくりと車を走らせる。

「なあ、親方」

高俊は後部座席のシートへ寝転びそうなほど、もたれ掛かって言った。

「なんだ」

親方は振り向かずにこたえる。

「あの工場はだいじょうぶなのかよ、ぜんぜん稼働してないぞ」

助手席に座る親方はすぐこたえず、バックミラー越しに高俊へ目を向けた。高俊は起き上がって前のめりになると、横に座る加賀君へ振り向く。

「なあ加賀君、昨日は一人で工場に付きっきりだったよな。忙しそうにしていたか」

高俊の質問に、加賀君は姿勢を正す。

「僕はああいう工場を見るのは初めてで、どういった状況なのかよくわからないのですが、朝、社長さんが出て行って、奥から機械の音が聞こえていたのは二時間くらいだったような」

だれかに聞かれているわけはなくはっきり言ってもかまわないのに、加賀君は小さな声で謝りでもしているみたいにこたえる。

そういえば建物の奥から工場特有の機械音が聞こえなかったことに、俺は今頃気づいた。周りなど気にもせず作業に夢中だった自分の姿を思い、話に興味を持たず運転している振りをして、三人の声に聞き耳をたてる。

「だいぶ傾いているらしくてな、地域の会合の時に顔をあわせたら、社長さんがひどく落ち込んでいたんだ」

親方は素っ気なく言う。

高俊が後部座席から前へ身を乗り出してきた。

「そんな時に、壁を塗りかえる余裕なんてあるのかよ」

「俺らデザインアートの関係は素人だから、材料代くらいしか貰わないさ。あの絵でちょっとは社長さんも気晴らしになればいいかと思ってな。それに、まともな仕事で請けて塗るなら鉄骨部分の補修が先だ」

親方は胸ポケットからタバコを取り出す。口に咥えたが、吸いたいのを我慢したのかまた手に戻した。

「ああいう仕事をやってみるのもおまえたちの勉強になるだろ。たまには頭使わないと塗料で溶けちまうからな」

親方は俺たちをからかうように言った。

「いつも使ってないみたいに言うなよ」

高俊が返す。

「使ってるのかよ」

「使ってるだろ」

「俺と加賀君は使っているけど、親方と高俊は使ってないな」

黙っていた俺は二人のやりとりに口を挟み、倉庫の前で車を停めた。加賀君は俺の言葉で笑い声を堪えられず、バケツを手に急いで車を降りていった。

「おい、なに笑ってるんだよ」

加賀君を追うように高俊は車を降りていった。

「じゃあ、ちょっと車を借りていきます」

俺は親方へ軽く頭を下げた。

「返しにくるのはいつでもいいからな」

親方はタバコを持った手を挙げて振った。

俺はクラクションを挨拶代わりに軽く鳴らして車を走らせた。

後ろの窓がいつの間にか、また開け放されていた。今日一日作業中も開けておいたから、塗料の臭いは飛んでいる。材料も積んでいないし、道具もきれいにかたづけられ、加賀君が働き始める前に車内を整理してから、きれいな状態が保たれている。後部座席の足元に至るまで掃除され、埃と泥まみれだった以前の状態からは想像もつかない。時間が経てばまた元へ戻りそうな気もするが、もしかしたら、このままにしておけるのではないかと思えてくる。

アパート前の道に車を停め、自分の部屋に向かった。

鍵を開けてなかに入る。

トマトの重くのし掛かってくる臭いが室内に籠もっていて、顔を背けたくなった。電気もつけていない薄暗い部屋のなか、亜佐美はカーペットの上に直接座り、俯いている。大きな手鏡が膨れたお腹の上に置かれていた。座った姿勢で寝てしまっているのかと思ったら、白い瞳がこちらを睨みつけるように光る。

「体調でも悪いのか」

亜佐美は座ったまま、首を振った。

「じゃあ病院行くぞ」

「行かない」

亜佐美はすぐさま拒否した。

「おまえが行くって言うから、教室の予約も取ったんだろ。それに車も借りてわざわざ早びきさせてもらったんだぞ」

亜佐美は無視して動こうとしない。

道端に停めたバンを気にしながら、仕方なく部屋へ上がった。

テーブルの上には鶏肉のトマトソース煮込みが置いてあり、帰ってきたらまたこれを食べると思うと胸焼けがしてくる。台所には皿の上に食べかけのトーストが置いてある。駅ビルの食品店街で見つけてきたというトマトジャムを付けて食べたのだろうか、端が少しだけ赤くなっている。椅子に座ろうかと考えたが、そこまでしてしまうと本当に出かけなくなりそうなので、俺は立ったまま部屋の電気をつけてやった。亜佐美は俺の行動に不満そうな顔を向けてくる。

塗料だらけの服とズボンを脱ぎ、シャワーを浴びて着替える。行かないと言っても、薄手のシャツとジーンズが用意されてあった。

「なあ、気がのらないなら病院へ行かなくてもいいけど、ちょっと出かけないか。いいもの見せてやるよ」

亜佐美が興味を示して顔をあげたところへ、俺は車の鍵を指で振って見せた。亜佐美は顔をまた下に向ける。

「まだ化粧をしてない」

亜佐美は小さな声で言った。

「車を停めてあるから、外で待ってるよ」

出かけても良さそうな言葉が出たところをすかさず捉え、俺は部屋を出た。

うまく説得できたと思いながら車に戻り、後部座席の窓を閉める。

ぼろ切れを出してフロントガラスを拭いた。透き通りそうなほどきれいに磨き、どうして俺は亜佐美に気を遣っているのかと疑問になった。亜佐美が行きたいと言うから予定を立てて用意してきたのに、一言で覆され、それをなんとか煽てて重い腰をあげさせるなんておかしいはずだ。妊娠中だから機嫌が悪いのかもしれないが、当たってくる理由がさっぱり解らないし、自分もそれで気を遣うなんてなんだか辻褄が合わないものを感じるが、なぜかまともに怒る気にもなれない。俺はこうやって立場の弱い父親になっていくのだろうか。

化粧を始めたら三十分はかかるはずが、すぐに済ませて出てきた。

亜佐美は助手席に乗ると、車内を見回した。

「いったいどうしたのこの車、いつも散らかって汚かったのに。タバコのひどい臭いもしない」

「きれいになっただろ。それにほぼ禁煙車にもなった」

亜佐美は驚いた顔をして振り返り、整理された道具が並ぶ後部の荷台を見ている。

俺は車を運転しながら、最近はいつもこうだと話した。

亜佐美は振り返ったきり、口を薄く開けて眺めている。持ってきていたマスクをつけず、まだ手にしていた。

部品工場の前に着いた。

門が開いていたので乗り入れさせてもらおうかと思ったが仕事で来たわけでもないので、路肩へ寄せて停める。俺と亜佐美は降りて歩き、工場へ入った。

塗りかけの壁の前にはスーツ姿の社長さんがいた。

事務所にはいつも居る年配の工員ではなく、社長さんが一人で、しかも壁を見ている姿に驚かされる。

社長さんは丸い椅子を置いて座り、呆然と眺めて俺たちに気づかない。

「こんにちは」

いつの間にか傍にいた俺の挨拶に社長さんも驚き、立ち上がった。

「ちょっと絵を見せたくて来ました」

俺は亜佐美を紹介する。社長さんと挨拶を交わす。

「どうしたの、この絵」

亜佐美は目の前の大きな壁を見渡す。

「社長さんからの依頼で、俺たちが空の絵を描いているんだよ」

俺の説明に社長さんは照れくさそうに笑って、絵を見上げた。

「今日、この辺りの山並みを塗ったんだ」

亜佐美に向かって言うと、彼女は途中まで仕上げられた連なる山並みを目で追った。

「だんだん色が差してきて、毎日できていくのがいいんだよね。営業にでかけることが多いから、帰ってきて明るく変わっていく工場を見ると、疲れが飛ぶようだよ」

今日塗ったばかりの山へそっと触れ、社長さんは言った。

「東側から照らされる太陽の光が仕上げられていくと、もっと良くなると思いますよ」

俺の言葉に、まだ下書きしかない東側の壁を社長さんは見上げ、たのしみだなと呟いた。

亜佐美はなにも言わず、車に乗っていた時と同じように薄く口を開け、絵を見つめている。

社長さんは自分の腕時計へ目を落とし、急に小走りで工場から出て行く。すぐに戻って来て、外の自動販売機で買ってきたらしい手に持った缶ジュースを二本差し出した。

「これからまた出かけなくちゃでね、二人はゆっくりしていってよ。だれもいないけど、帰るときは門を開けっ放しにしておいていいから」

遠慮した俺にジュースを渡すと亜佐美に挨拶をして、慌てるように軽トラックへ乗って出て行った。

「俺たちも、もう行くか」

声を掛けたが、亜佐美は立ち尽くすように壁を見つめ、少し間を置いてから頷いた。

俺は車に戻り、作業場へ入れる。

壁を見続けていた亜佐美はゆっくりと歩き、助手席へ無言で乗った。

バックで車を工場から道路へ出す。門はそのままにして走り出したとき突然、亜佐美が泣き出した。俺は驚いて車を停めた。いきなりで訳がわからず、体調が悪くなったのかと亜佐美を覗き込んだ。

亜佐美は大粒の涙をこぼし、泣き声をあげる。狭い車内に響く。どうしたのかまったく解らない。なんで泣いているのか聞こうとしたとき、左肩を拳で強く殴られた。当然避けることもできず、まともに食らう。

亜佐美は別に悪びれるそぶりもなく、バッグからハンドタオルを取り出し、赤く濡れた鼻を包む。

「またなにも話さないし」

亜佐美は怒ったように言う。

こんなこと言うほどでもないし、まして泣かなくてもと言い返そうとしたが、ハンドタオルを持った手がお腹を自然と抱えているのを見てしまうと、言葉が出なくなる。

ごめんと一言謝ろうかと思ったとき、亜佐美はまた俺の左肩を殴った。しかも昔冗談で教えたストレートの正しい軌道でボクサーのように構えながら打つ。避けられずに痛そうな顔をする俺を見て、目を赤く腫れ上がらせながら笑った。

「病院へ行って」

亜佐美は前を向いて、ハンドタオルで顔を拭いた。

「病院って、教室はもう始まっているだろ」

亜佐美は久しぶりに俺へ笑顔を向けた。

「ちょっとぐらい遅れてもいいよ」

亜佐美はダッシュボードに置かれた缶ジュースを取り、開けて勢いよく飲み出した。


加賀君が仕事を辞めたいと言ったのは、帰りがけのことだった。

事務所で翌日の準備を終えてコーヒーを飲んでいた時、電話が一本、かかってきた。人員募集の新聞折り込みを出した頃に声をかけていた人から、希望者が知り合いに居ると電話を受けた俺は、書類の整理をしている親方へ受話器を渡した。

内容がみんなに聞こえているなか、親方は当然、断りの言葉を告げ始めたが、加賀君はそれを遮った。親方はとりあえずまたかけ直すと電話を置く。

加賀君は、辞めさせてもらっていいですかと、尋ねてきた。

突拍子も無い申し入れに親方は目を見開き、理由を聞く。

「実家を継ぐ決心がつきました」

加賀君は、はっきりそう言った。

俺は思いもかけないことに動揺していたが、一番驚いて騒いでもいい高俊は黙って肩をすぼめ、俯いた姿勢で二人の話を聞いている。加賀君から気持ちを聞かされていたのだとわかった。

誰よりも先に高俊へ話していたのなら、加賀君のことを俺はそんなに嫌いではないと思えた。

「仕事もやっとわかってきたところで、皆さんに散々迷惑かけておいて、急にこんなことを言い出してすみません」

加賀君は机に当たりそうなほど深く頭を下げる。

「そんなことはどうでもいいんだ。それより本当にいいのか」

親方は言った。

「学校へ行っている間でうまくいかなければ、田舎へ帰る約束だったのですが、卒業しても、どうしても戻れなかったんです。ここに置いてもらい、あの壁の絵を描かせてもらって、このまま中途半端に働き続けていたらだめだと感じました。実家に帰ってやるべき農園の仕事があって、ちょっとずつでも絵を描いていけば良いんじゃないかって、やっと思えるようになりました」

加賀君はまた深く頭を下げ、今度は机にぶつけた。それでも下げ続けたままだった。

俺は引き留めたいと思ったが、親方も、なにより一番声を出したいはずの高俊も黙っていた。

「本当にいいんだな」

親方はもう一度、きいた。

「はい」

加賀君は頭を下げたまま、こたえた。

「わかった、それなら区切りのいいところで辞めるかたちにしよう」

親方は笑顔でそう言い、電話をかけ直した。

俺は帰ってからすぐジムに練習へ行き、その足で続けて公園へ来ていた。

外周を走り、今夜も飲みに行っている高俊と加賀君の姿を頭に浮かべた。いったい二人は今、どんな話をしているのだろう。

外周から芝生のなかのトラックへ入り、全力疾走をする。息苦しさで何もかも忘れて頭のなかが真っ白になるまで走り、俺は芝生にひざまずいた。声が勝手に出るほどの息継ぎを繰り返す。練習をしてきたばかりの全身が軋むように痛む。座り込んで腕時計を確認した。現役の頃のタイムに比べれば、絶望的にほど遠い。今の俺にはそこまで仕上げられないのは解っているし、試合は三ラウンド程度の短時間で減量もしないのだから、ロードワークはたいしてやらなくてもいいのだけれど、ジムの帰りに走り出すと止まらなくなった。息を整えて公園の外周を歩くと、ランナー達と多くすれ違う。いつからこんなに運動をする人が増えたのだろうと思ったが、俺もそのうちの一人なんだと気づいた。息は戻ったが汗はいっこうに引かない。夜でも暑くなってきた。

公園を出てゆっくり歩き、家に着いた。

「おかえり」

玄関の戸を開けると、台所で亜佐美が夕飯の準備をしていた。

料理はすでに出来上がっていて、テーブルに並べられた皿の上のどこを見ても、トマトはなかった。

「じゃあ行ってくるよ」

仕事を終えて帰ってきた俺は、すぐにスウェットパーカーへ着替え、玄関でランニングシューズを履く。

「夕飯は一時間ぐらいで、できるから」

台所に立つ亜佐美は言う。

「ああ、それまでには帰ってくるよ」

玄関の戸を閉めアパートを出ると、夕焼けで赤く染まった街中をゆっくり走り始めた。身体をほぐすように力を抜いて、跳ねるように駆ける。

それだけで息が荒くなり、運動能力の鈍りようは酷いものだった。

一時間あるならたまには違う景色を見てランニングしようかと頭に浮かんだ。どうせなら部品工場で書きかけの絵でも眺めて帰ってこようと考え、公園には行かずいつもは通らない道へ進み、速度を上げていった。

まだ十分も走っていないのに息が切れる。全身の毛穴から汗が噴き出す。揮発性の高いペンキの成分が身体から抜け出す感覚が生まれる。仕事上がりだから単純に付いた臭いが飛んでいるだけだろうが、身体が軽くなっていくような気がした。ボクシングをやめてからも、運動ぐらい続けていれば良かった。なぜ今まで俺は走らなかったのかと、額の汗を拭い、思った。

自動車工場の跡地が見渡せる一本の細い道を通る。

正門のあった中央通りの裏道として使われていた細い道路は、利用価値もなくなり、車もほとんど通らなくなった。

道沿いには以前、工場内にあったテストコースを隠すため、大きな塀が続いていた。道路の反対側にある資材置き場や雑木林の地主達が、長年その辺りの日陰になった薄暗い区画について運営会社へ抗議していたのを思い出して走る。

今は塀も撤去され明るく日は差すが、工場までもがなくなると、開けた広大な更地から強い風が吹きつけ、さらに人通りが減って廃れた場所になった。誰も清掃しなくなった路上の隅には空き缶やごみが溜まり、フェンスには乗り捨てられた自転車やバイクが立てかけられている。

俺は道の中央でステップを踏み、時折立ち止まってコンビネーションの腕振りを確かめる。吹き付ける風を切るようにフルスイングすると、熱い日中の日差しで焼けた埃の臭いがした。

ここなら人目を気にしなくて済む。見捨てられた場所でも俺には適所だ。シャドーから切り替えてまた走り出そうとしたとき、資材置き場に積まれた大きな鉄管の向こうに、自転車があることを気づいた。隠れていて後部しか見えないが、確かに彩香の自転車と同じだ。フェンスを見ると通用口の門扉にはしっかり錠がかけられている。雑草や蔦が絡み合い、しばらく人が入った形跡はない。

フェンスの先を目で追っていくと、大人が腰をかがめて入れるほどの位置に、ちょうど自転車が通れるくらいの大きな穴が開けられていた。

俺は敷地のなかへ入り、道路から目隠しになっている積まれた鉄管の裏へ回った。

傍から話し声が聞こえ、向かいに立つ中学生の制服が見えた。

勢いよく連中の視界へ踏みこんでやる。

「おい、なにやってるんだ」

大きな声で怒鳴ってやった。

並んで座っていた制服姿の男三人は慌てて立ち上がり、こちらを見ずに全速力で逃げだした。他にも道があるのか資材置き場の奥の茂みへ走っていく。そのなかには確かに、コンビニ店長の息子がいた。

積まれた鉄管の裏で連中が座っていた場所には、コンビニのビニール袋が転がっている。

その中央には俺達が仕事で使っている溶剤入りの容器と、うずたかく吸い殻を積んだ缶の灰皿が置いてあった。

「ちょっと脅しただけなのに、みんな速いな」

鉄管の向かい側に居て、逃げようとしなかった彩香へそっけなく言った。

彩香は呆然と立ちすくんでいた。

左手には、火のついた細いメンソールのタバコがあった。

「怒らないの」

彩香がつぶやいた。

「ああ、俺も高俊と、中学の時は似たようなことしてきたから」

俺はしゃがみこみ、気化しないように容器の蓋を閉める。

「彩香はペンキの臭いを嫌ってたのに、意外だな」

「私は塗装屋の娘だから持ってきてあげただけ。勉強の合間に吸うタバコが欲しいから物々交換」

「コンビニの息子とか」

彩香は頷いた。

「簡単に手が届くからだいじょうぶだと思っているかもしれないけど、案外こういう溶剤はしっかり在庫管理してるものなんだ。たぶん親方は無くなっているのを知っているよ。まあ、タバコだってコンビニの店長ならわかるけどな」

気づかれていないと思っていたのか、彩香は目を見開いたまま、俯いた。

「トレーニングついでに寄ろうと思っている場所があるんだ。ちょっと一緒に来ないか」

容器を手に取り、彩香の自転車のかごへ入れた。

一緒に敷地の外に出て、自転車に乗る彩香を隣に走り出した。

「ボクサーだったのは知っているけど、本当に走っている姿は初めて見た」

彩香が遅れそうになりながら自転車をこぎ付いてくる。

「現役の頃は、こんなもんじゃないさ」

俺は息を切らしてこたえた。

表通りへ出て工場の前へたどり着く。俺は汗を拭い、辺りを歩いて息を整えてから、自転車を降りた彩香と一緒になかへ入った。

「おや、今度はずいぶん若い子を連れてきたね」

話しかけるより先に俺たちへ気づいた社長さんは笑顔で言った。

「親方の娘です」

俺が紹介すると、社長さんは丸椅子から立ち上がり、恐縮したように彩香へ頭を下げた。

「お父さんには、本当にお世話になっているんです。どれだけ助けてもらっているか分かりません。苦しい状況のなか、お父さんだけが私を信じてご融資で支えてくれました。塞ぎがちだった私のためにここの壁までもきれいにしてもらって、今は心の支えになっているんですよ」

社長さんは涙ぐんだ目で、彩香に告げる。

まるで親方への態度のように振る舞われ、彩香は困惑した表情で頭を下げ返した。

社長さんは、軽く一礼して工場の外へ向かう。

小走りに戻ってきた社長さんは亜佐美の時と同じように、外の自販機で買ってきた缶ジュースを二本差し出した。俺は素直に受け取った。

「また出かけなくちゃいけないんだ、後はよろしくお願いしますね」

俺は一礼してこたえた。

「お嬢さん、またいらしてください」

社長さんはそう言って軽トラックに乗る。

恥ずかしそうに会釈をする彩香と並び、社長さんを見送った。

「お嬢さんなんて、初めて言われた」

小さな声でそうつぶやき、彩香は顔を上げると俺の背後にある壁の絵を見つめた。

「俺たちが描いているんだ」

薄く口を開けて、顔を大きく動かして確認でもするように絵を見回す。俺は邪魔しないように視界から退いてやった。

絵は八割方完成し、すでに大きな青空が壁を埋め尽くしている。遠近感をつけて描かれた遠くにある山並みと傍で茂る樹木の天辺を抜け、広がる空は明るかった。何度見ても絵に吸い込まれていきそうになる。

確認するような動きが収まると彩香は何も言わず、大きく深呼吸をする。

「こんな仕事、うちでもできるんだね」

うち、と彩香が言ったことに俺は驚いたが、顔には出さないようにした。親方に聞かせてやりたいと思った。

「かなり苦労したよ。俺も高俊も初めてだから緊張して手が震えるし、加賀君だって壁になんて描いたことがないからやり方もよくわかってなかったんだ。昔、現場で経験している親方に教えてもらって、ちょっとずつ進めたんだよ」

「そんなこと、お父さん知ってたんだ」

「ああ、伊達に親方をやっているわけじゃないな」

取り繕っていない彩香の崩れた笑顔は親方にそっくりで、俺と高俊の周りをまとわりついていた小学生の頃に戻った気持ちになった。

「彩香、もう溶剤を持っていくようなことはするな。タバコが欲しくなったら俺が買ってやるから」

俺は彩香をしっかりと見つめた。

彩香は瞬きせず、小さく頷いて見せた。

俺は彩香の自転車のかごへ缶ジュースを置き、かわりに容器を取り出す。隅にかたづけて置いた塗装用のバケツに中身をすべて出すと、水色の塗料缶を持って、注ぎこんだ。かき混ぜた塗料入りのバケツと刷毛を手にする。

「塗っていいぞ」

まだ塗り残されている一番明るくなる東側の空を指さした。

「えっ、わからないよ。勝手に塗ったりしていいの」

「だいじょうぶだよ、加賀君が明日、全体の調和を考えて塗り直してくれるから」

加賀君には迷惑をかけるかもしれないが、彩香にも塗らせてやりたいと思った。

脚立に登った彩香にバケツと刷毛を持たせてやる。

既に塗られた色と合わせた高さに塗っていく。希釈の違いで水色は合っていないが、それでも丁寧に色づけしていった。

「他の現場も掛け持ちして、ちょっとずつ空いた時間を利用してここまで来たんだ。やっと今週で完成予定だ」

俺は一歩下がって全体を見渡した。

「なんでかな、ペンキを初めて塗っている気がする」

器用に刷毛を捌き、彩香は壁を塗る。

「手伝いに来て、よくやっていたじゃないか」

「そうなんだけど、ちゃんとやっているっていうか、今もちゃんと作業していることじゃないだろうけど、この青いペンキを直にさわっているみたいな、しっかり塗っているんだなって気がする。久しぶりだからかな」

彩香は壁から目を離さず、笑みをこぼして言った。

「いや、いつもやっている俺でさえ、そんな気分になるときがある」

バケツの塗料をすべて塗り終え、彩香は脚立を降りた。俺の隣に来て絵を眺める。

開いている門の外からわずかな光が、すでに夕闇の落ちたうす暗い場内へ差してきた。

真新らしい壁の絵が光沢を放つ。

工場に浮かび上がった青空のなかで、彩香の塗った色が空に色濃く滲んでいた。


事務所へ入ると、加賀君はもう出勤していた。

俺は軽く手を挙げて挨拶する。インスタントコーヒーを入れようと思ったら、加賀君が俺の机に用意してくれた。

「今日の道具も全部準備しておきました」

加賀君はそう言って休日の伝票を俺に渡した。

伝票を捲り、今日の工程を頭に浮かべる。

「あの、千秋さん」

加賀君は俺の前で姿勢を正し、直立した。

「もし良かったら、今日は僕一人でやらせてもらえませんか」

「どうして」

「二人だけで作業する日は今日で最後なので、千秋さんには一人で作業をさせてしまったことがあるぶん、今日は自分にやらせてもらえないかと」

そんなことはすっかり忘れていたのに、突拍子もなく言われ、俺はどう応えていいか解らなくなった。加賀君は緊張した面持ちで俺の指示を待っている。

「いいよ、そんなの気にしなくて」

俺はわざと素っ気なく言って、顔を背ける。

「お願いします、やらせてください」

加賀君は傍を離れない。

頑なに加賀君から請われ、俺は面倒になって了解した。

加賀君は満面の笑みで車の鍵を摑む。

運転も自分でするのかと思いながら、俺はコーヒーを一口含み、後について事務所を出た。

助手席に乗って加賀君の運転に委ね、いつものコンビニへ着いた。

店内に入ると店長がお客へレジを打っていた。

俺はコッペパンと親方が好きな紙パックのコーヒー牛乳を手に取ってレジへ向かう。

「千秋さん」

加賀君はレジの前で待っていた。

お金がまた無くなったのかと思い、一緒に払ってやるため財布を急いで出す。加賀君はその手を止めて、俺の持っている品を取ろうとした。

「今日は僕が出させてもらいます」

なぜ加賀君が払わなければならないのだろうか。パンとコーヒー牛乳を加賀君に買ってもらうなんてことが、俺にできるわけがない。

「いいよ、自分で払うから」

「いつも出してもらっていたので、最後くらい僕が」

「別に気にしないでいいから」

「いえ、一回くらい」

「いいって言ってるだろ」

口調が荒くなってしまった。

加賀君の背筋が瞬時に伸び、すみませんと言い、何度も頭を下げた。

「千秋ちゃん、なにも朝から怒らなくても。加賀君もこういうものは先輩が出しても後輩は出すもんじゃないから」

レジで待っていた店長が苦笑いして、声をかけてきた。

みっともないやり取りを見せてしまった。

加賀君は何度も頭を下げ続け、俺がまた悪者のようなかたちになっている。

一緒にやる最後の休日出勤だから、今日は穏やかに過ごそうと思っていたが、朝から不愉快な気分になる。加賀君はなにを張り切っているのか知らないが、あきらかに空回りだ。

無言で助手席に乗り、パンを口へ入れた。

加賀君は運転を続け、沈黙のなか以前と変わらない気まずさが漂った。

道を思い出して走っていたのか辺りを何度も見回し、公民館の駐車場にたどり着いたとき、加賀君は安堵のため息をついた。俺が伝票を持つ前にダッシュボードから手に取り、なにも走らなくてもいいのに、急いで事務所へ挨拶に行く。

バンから荷物を降ろし、シャッターの前へ運んだ。

塗装が剝げて錆びた状況を確認し、道具の準備を始めると、走って加賀君が戻ってきた。

「やりますんで、どうぞ車で休んでいてください」

強張った表情でまた何度も俺に頭を下げ、それはどう見ても俺が謝らせているように事務所の人達からは見えるだろう。

本当に加賀君は俺になにもやらせないつもりらしい。

了解した手前また打ち消すのも面倒で、俺はバンへ戻った。

助手席に座り、正面のガラス越しに加賀君の作業を見る。

風で揺れるシャッターに腰が引け、電動工具を錆びた部分に付けたり離したり繰り返す。それでも加賀君は一カ所ずつ時間をかけて丁寧に磨いていく。削り取られた錆が銀色に輝きながら、今までの現場で汚れてきたジーンズに降りかかる。黄色いよれたTシャツには、工具の振動で揺れる背中の筋肉が盛り上がっている。細かっただけの加賀君の身体が、いつの間にか引き締まっていた。顔肌も両腕も浅黒く焼け、髪型も出会った頃より若干伸びていて、豆電球だったのが普通の電球ぐらい、大きくなったように見えた。

眩しい太陽の光のなかで額から汗を垂らし、加賀君は真剣な眼差しで目の前の作業にもがいていた。

風で伝票が飛ばされそうになっている。

作業に集中していてまったく気づく様子がない。

加賀君はどうしてこう要領が悪いのだろう。

こんな正面切った場所で、踏ん反りかえって休めるわけがない。

俺は車を降りた。

伝票をしっかりとファイルに挟み込んでから、加賀君の隣に立つ。

片手でシャッターを抑え、開いた片手に紙ヤスリを持ち、加賀君が工具で磨いた荒い断面を擦って仕上げる。

「いいから、前を向いて作業を続けて」

俺は加賀君の方を一度も向かずに指示した。右の手先を見つめ紙ヤスリを小刻みにかけていく。

加賀君の電動工具の音が耳元でなり、作業を始めた様子が伝わる。

「俺と加賀君は違うんだ」

削られる音より大きな声で、加賀君に聞こえるように言った。

「本当は俺、ボクシングを続けようと思えばできたんだ。後遺症が残る診察結果に怖くなって、中途半端に逃げ出したんだよ」

工具がシャッターから離れ、擦れる音がやんだが、加賀君は俺の指示通り工具の電源を止めずに持ち続けた。ブラシの回る音が小さく鳴っている。

「なあ、加賀君、俺の分まで働いて義理を返そうなんて思わなくていいからさ、作ったさくらんぼを良かったら送ってくれよ。そっちのほうが亜佐美も喜ぶからさ」

「はい、それはもちろん」

「もちろんって、親御さんが作った物じゃないぞ。何年先になるのかわからないんだけどさ、加賀君の作ったさくらんぼが欲しいんだよ。憶えてたらでいいから」

工具の音が止まった。

「絶対に忘れません」

加賀君は俺に向かって深々と頭を下げる。何度も繰り返して下げ続けた。

「加賀君、事務所の人が見てるからそろそろやめてくれよ」

俺は作業を続け、溜息交じりに言った。

そして、今、ここで言わなければ一生ないだろうと感じ、思い切って加賀君へ告げる。

「仕事がかたづいたら、俺の家へ夕飯を食べに来ないか」

「最終日までこき使って悪かったな」

助手席の親方は後ろの席に座る加賀君へ声をかけた。

「いえ、いろいろできて良かったです」

加賀君がそう笑顔でこたえるのをバックミラー越しに俺は見ていた。

他の現場を回っているうち、すでに日も傾き、黄色い光に変わっていた。運転する俺は、混雑が始まる国道を避け、小道を通って部品工場の前までたどり着いた。門が開いているのを見て、そのままバンで乗り入れる。

予定通り二日前に仕上がった絵のそばへ、道具が整理されて置いてあった。積み重ねた養生のビニールシートや脚立を俺と親方と高俊で手分けをしてバンへ積んでいく。絵の一部を隠していた障害物はひとつ残らずかたづけられ、全容が目の前にあらわれた。加賀君はひとり、ペンキの準備をする。

「絵の下に会社の名前を入れますか」

加賀君は筆を手に、親方へ声をかけた。

「加賀君の名前でいいよ」

親方は勧めるように右手を前へ差し出した。高俊と俺も、親方の隣に並び頷く。

加賀君は赤茶色の塗料で壁の隅に小さくサインをした。

加賀君が最後の一筆を入れ終えるのを見た親方は、作業場の奥へ社長さんを呼びに行った。

「布ぐらいかけて隠しておけば良かったかな」

高俊は完成したばかりの壁を眺めて言う。

「社長さんは毎日見ているみたいだから、あまり意味はないな」

いつも不在がちな社長さんのことを俺が告げたので、高俊は不思議そうに顔を向けた。

道具をかたづけ終えた加賀君は、現場証明用のカメラを持った。

「一枚どうですか」

加賀君の勧めで俺と高俊は壁の前に並び、写真を撮っていると、親方と作業着姿の社長さんが出てきた。俺と高俊は正面から端へ退いた。

「本当に工場へ空ができたみたいだ」

社長さんは壁を見上げ、深く息を吐いた。一瞬、社長さんが幼い子供に見えてしまったほど、口を開けて気の緩んだ表情をしていた。

「わりと明るい色を使ってみたのですが、どうでしょうか」

親方は青空に差す日差しの部分へ、眩しそうに手を翳す。

「思っていたよりも周りが明るくなって、とても良いですよ。本当に良い」

社長さんは声を弾ませ、満面の笑みを俺達に向けた。

壁の写真を撮っていた加賀君へ、社長さんは歩み寄る。

「空の依頼だけで、こんなに素晴らしい絵を描いてくれてありがとう」

加賀君は緊張した顔で頭を下げた。

「良かったら、撮るよ」

社長さんは加賀君へ手を差し出す。

「あの、四人で入ったところを撮ってもらっていいですか」

思ってもいなかった加賀君の言葉に驚いたが、社長さんは笑顔でカメラを受け取る。

照れ笑いを浮かべる親方と高俊、加賀君と並びその横に俺がつき壁の前に立った。絵を隠すのはもったいないと社長さんが言うので全員でしゃがむ。

「千秋、もっとこっちへ寄れ。俺の描いた木の部分が隠れるだろ」

高俊がむきになって言うのでみんな笑った。

撮り終えた社長さんに挨拶を済ませ、俺達はバンに乗って工場を出た。社長さんは道路にまで出て、バックミラー越しに見えなくなるまでずっと頭を下げて見送ってくれていた。

工場は加賀君との最後の現場になった。

壁へ絵を描くなんて経験ができたのは加賀君のおかげで、二度とないことだと思う。

ハンドルを握り、俺はもう一度バックミラーへ目を向ける。最終日だけあってさすがに後部座席の加賀君は寝ていないと確認した時、窓の外へ向けた視線を不意に前へ向けてきたので目が合ってしまった。

「あの、時季になったらさくらんぼを送りますので」

信号が黄色になったことへ気づかず、思わず進んで行きそうになる。強くブレーキを踏んだ。

「なんだ千秋、いつの間にせびってたんだ」

助手席の親方が大げさな言い回しをする。

「たまたま話で出ただけだよ」

俺は否定したが、親方は笑って流す。

「どうせ亜佐美に言わされたんだろ。尻に敷かれるって嫌だな。加賀君、さくらんぼの代金分も今日はたっぷり千秋に奢ってもらえよ」

高俊の言葉に親方は声を上げて笑う。

俺は運転しながら、首を振った。

「あの、今日の歓送会なんですが」

小さな声で力なく加賀君は言う。

「その、あまり飲まないようにしようと思っているのですが、良いでしょうか」

高俊が反応して、座り直す。

「どうしたんだよ。帰るのは明日の深夜バスだったろ。酔ったらなにかまずい理由でもあるのか」

高俊が尋ねると、加賀君は瞬きを繰り返し、肩をすぼめる。

「あの、記憶がある状態で、二軒目のお店に行ってみたくて」

顔を真っ赤にして、小さな声で言う加賀君の姿に、俺達は笑い声を上げた。車を追い抜かしていったバイクの運転手が車内の声に気づき、こちらを振り向いていた。

「そりゃ毎度記憶をなくしていれば楽しくないよな。よし、一軒目から加賀君の大好きな胸の大きな子が居るっていう店に行ってやろうか」

親方が楽しそうに言う。

「めずらしいな、親方も行くのかよ」

高俊がからかうように言う。

「ああ、加賀君の歓送会なら何処だって行くさ」

親方はそう言って笑うと、加賀君はまた顔を赤く紅潮させた。

ミラー越しにその様子を俺は眺める。

彼のことが嫌いなわけじゃなかったのかもしれないと感じ、加賀君との最後の仕事が終わった。

部品工場の壁の絵は艶やかに輝いていた。

高圧洗浄でわずかに溜まっていた埃を落とし、乾かすとまたいっそう、輝きを増す。

完成した時とまったく変わらない、鮮明な空が薄暗い工場の中に広がっていた。

「もう二ヶ月は経ってるよな」

俺は壁の前に立ち、つぶやいた。

「ああ、経ってるな。でも、ちょっと違うな」

隣に立つ、高俊が言う。

「なにが違うんだ」

「まだ、二ヶ月だな」

「そうだな。まだ、二ヶ月だな」

またこの壁の前に立つとは思ってもみなかった。

立つだけじゃない。

田舎へ帰った加賀君をのぞいて俺達がまた、この壁の前で準備をする時が来るなんて考えられないことだった。

親方が奥の作業場から出てくる。始めていいぞと、声がかかった。

俺は溜息をついた。

高俊を見るが、まだ道具を手に持とうとしない。

もう一度小さな溜息をつき、絵の青い空の部分からローラーを転がして、灰色のペンキを塗った。

社長さんが失踪したのを知ったのは、数日前のことだった。

親方と高俊と三人でまたこの現場に戻ったとき、新しい所有者から壁を塗り直すよう指示された。

「こんな場所に不釣り合いな絵なんか描いて、前の奴は何を考えてたのか。気色悪いから全部塗りつめてくれ」

俺達が描いたのを知らない所有者は、そう言って首を振った。

親方は壁の絵にはなにも触れず、配色の指定を受け、別工事で鉄骨部分の補修を勧めた。

「指定の色よりもっと明るい色で壁は塗った方が」

一歩後ろで聞いていた俺はつい、口を出してしまった。

新しい所有者は瞬時に顔を曇らせ、俺を足下から風体を確認でもするように見上げていき、睨みつけた。

「色なんてどうでもいい。作業場なんだから汚れが目立たない一番安いものを使えばいいんだ。おい若造、そんなこと言ってまさか俺に高い塗料を使わせようって腹じゃないだろうな」

親方がすかさずあいだへ入り、何度も頭を下げていた。

新しい所有者へ親方が打ち合せを続けていた同じ場所に立ち、壁へ向かってローラーを転がしていく。

灰色の壁へ塗り直す作業は、ほとんど手間が掛からなかった。下地の処理もなにも必要とせず塗るだけで済むのだから当然だ。

絵からはなんの抵抗もなく、呆気ないほど簡単に、短時間で半分を塗り直された。

一色になった壁は味気ない。

無表情と同じだ。

単色で仕上げるのが嫌なわけではないし、絵が描きたいわけでもない。いつからだろう、壁や屋根、塗りあげた物に俺は表情を求めている。

何度も社長に奢ってもらった外の自販機でお茶を買って飲み、その半分だけ残された空を眺めた。東側の空の絵は明るく、太陽の光が溢れている。これからそこへ灰色を塗りつめなければならない。

高俊は俺の隣で、壁の絵に背を向けている。社長が塗りかけの壁を眺めるときに使っていた丸椅子へ腰掛け、無言でタバコを吸っていた。

鉄骨の研磨をやっていた親方が、作業をやめて俺達のもとへやってくる。タバコへ火を付けて一服すると、高俊は丸椅子を親方へ差し出し、自分はアスファルトへ直に座った。

「やっぱり色目で周りの明るさが変わるもんだ。塗り直した方は暗いよな」

親方は壁を眺めて言った。

「安い塗料だからじゃないか」

高俊は壁の方に顔も向けず言った。

「まあ、希望通り一番安いのだからな」

親方は辺りを見渡す。俺は買ってきておいた缶コーヒーを親方へ渡した。

「絵を描いた時の塗料代も結構したはずだけど、社長が飛ぶ前にちゃんと受け取ったのかよ」

高俊は気怠そうに言い、親方へ向けて顔を上げる。

「いや、請求はしたけどもう遅かったよ。こんなことなら安い塗料を使えば良かったな」

親方は力なく笑ってこたえた。

高俊は頭に被せた手ぬぐいを取り、乱れた髪をさらに掻きむしる。

「貸してた金も返してもらってないのか」

余計なことだと判っていても、言わずにはいられない。

徒労感が圧しかかってくるようで言葉を抑えられなかった。

親方は目を見開き、俺の方を向く。

「なんだ、そんなことまで知ってるのか」

「ああ、社長さんから教えてもらった」

「そうか」

親方は深呼吸するように、タバコの煙を大きく吐いた。

「たいした額じゃないから、最初からあげたもんだと思ってるよ。それに、なんとか立ち直ってもらいたかったからな」

親方は笑った。

高俊は持っていた手ぬぐいを薄く埃の積もったフォークリフトの座席シートへ、捨てるように放った。壁に向かって歩き出す。

「ああ、やだ、やだ。みんな馬鹿ばっかり」

高俊はそう言い放つと、ペンキのついたローラーを手に持つ。自分が丹念に描きあげていった山並みの部分へ押しつけて転がす。光に照らされていた緑色の情景が、灰色の単色へ塗りつめられていった。

俺も立ち上がり、ローラーを持つ。

作業を続けていけば最後の場所になってしまう、一番明るい東側の壁の前に立った。

俺はその光の差す方へ向けて、ローラーを振りおろした。力が入りすぎて、養生のシートへペンキが垂れ落ちる。まるで素人みたいだ。細かなところは気にせず、壁の絵を潰していく。

高俊となにも話さず塗り続けた。

絵には何日もかけたのに、単色での塗装は一日で終わった。

すべて塗りつめた後、振り返って眺める気にはなれなかった。

壁の絵はこの世界にもう存在しない。

プロボクサーだった俺や、絵描きを目指していた加賀君がもういないのと、おそらく同じ理由だ。

道具をかたづけ、俺はバンの運転席に乗った。車を工場から出し、路肩へ寄せて待つ。

鉄骨の作業をしていた親方が後始末を終えて出てくると、高俊と二人で誰もいなくなった工場の門を閉めて施錠した。高俊は後部座席へ、親方は助手席に乗る。俺はバンをゆっくり走らせた。

高俊は加賀君の座席だった場所まで占有し、足を伸ばして横になっている。

加賀君の代わりに来た俺と高俊よりも年上だった新人は、合わないと思ったのか四日で辞めてしまった。結局、もとの三人に戻った。

加賀君が居なくなったあとも車のなかはきれいだった。前みたいに新人を迎え入れるためにその場凌ぎでやったのと違い、言われもしないのに毎日誰かが、車内の掃除をするようになった。

「なあ、千秋。今日もこれからジムに行って、そのあとまた公園を走るのか」

高俊は横になったままこちらも向かず、窓ガラス越しに通り過ぎていく景色を虚ろな目で見ている。

「ああ、そうしようかと思っているけど」

「ジムは無理だけどよ、俺もたまにはいっしょに走ってみるかな」

「おお、いいぞ。ジム帰り、走って家まで迎えに行ってやろうか」

そんな気がないのはしゃべり方でわかった。高俊らしくないことを言うので、俺はすこしだけ話に乗る。

「やっぱり辞めた。飲み歩きに行ったほうが性に合ってる」

自分で振っておいてあっさり話をおりた高俊は、仰向けになって寝転び、車内の狭い天井へ目を向けていた。

「そういえばこのところ雨がなくて仕事が続いたな。明日は休みにするか」

黙って俺達の話を聞いていた親方は、その一言だけ言ってくれた。

窓越しに黄色い光がまぶしいほど差し込み、夕焼け空から押されるようにして、親方の家の前に着いた。二人を降ろして狭い車庫へ後ろ向きに入れて駐車する。親方は事務所へ入り、高俊は倉庫で塗料の在庫を確認する。俺は車内の清掃を始めた。

「おい、高俊、千秋、ちょっと来いよ」

親方の声に車内から顔を出すと、親方と彩香が事務所の入り口で並んで立っていて、目を疑った。

高俊も驚いたのか、小走りで部屋に入って行き、俺も後を追った。

部屋に入ると縦長で厚みのない大きな荷物が机に立てかけられ、三人で囲んでいた。

「学校から帰ってきたとき、ちょうど届けられたの」

彩香が言った。

「加賀君から送られて来たのか。さくらんぼは入ってないよな」

しゃがんだ高俊は、貼られた紙にある送り主の名前を見る。

「季節も大きさもぜんぜん違うだろ」

親方は鋏を高俊に渡して四方の紐を切らせ、自分でビニールの緩衝材とガムテープで三重にしっかりくるまれた包装を剝がした。

鋲止めされた二枚の透明なアクリル板が出てくる。

縁のない大きな額のようだ。

標本のように挟まれ、ペンキで塗られたジーンズが一本入っていた。

そのジーンズは加賀君が穿いていた細い物より、俺の穿いている太さくらいの物だった。

現場でいつのまにかついてしまうペンキの跳ね跡のように、様々な色が重なり合いまた色が付き、混ざることなくそこにある。額縁入りの絵みたいな形になっているからだろうか、跳ね跡の大きさも誇張されて実際の作業着よりも広く生地全部を塗りつめてはいるけれど、このジーンズはあきらかに俺たちの仕事そのものだった。

高俊が包装の隙間にあった封筒を取り出す。なかには手紙があった。

『実家に戻ってから最初の作品です。在職中は絵を差し上げられず、すみませんでした。皆様には大変お世話になり、いろいろな場所に塗る楽しさを教わることができたので、キャンバスではないかたちで仕上げてみました。もしよろしければ棚上の空いたスペースにでも飾ってください』

読み上げた高俊は加賀君の作品を持ちあげて椅子の上に乗り、棚上に飾った。

「なかなかいいじゃないか」

高いところへ置かれた状態を眺め、親方はつぶやいた。

加賀君は辞めていく前からもうこの贈り物の構想を練っていたのだろう。天井までの高さに隙間なく嵌っていた。

俺はその額から目が離せなかった。

実際には使わない色も点在しているが、一緒に使った色が多く散りばめられていて、現場の姿が浮かび上がってくる。水色は空の下地に塗った色と同じで、腰元から見える裏地全体にはピンクだけがある。塗り直しさせられたアパートの色と同じだった。

「また、壁に絵を描いてみたいな」

高俊が眺めながら、つぶやいた。

「ああ、描きたいな」

俺はこたえた。

「またさ、壁に描いてほしいなんて依頼があったらさ、加賀君を呼び寄せてみんなで描こうよ。今度は俺、ちょっとはわかってきた気がするから、もっとうまくできる気がするんだよ」

高俊は机の引き出しから写真を出す。また椅子の上に立ち、壁の前で四人で並んだ写真をアクリルの隙間に挟み入れた。

塾に行ってきます、と小さな声で彩香が言って出て行く。

「気をつけてな」

言葉をかけられたのがうれしいのか、親方は大声で見送った。

「じゃあ、俺も行くわ」

バンの鍵を机に置き、俺も事務所を出た。

夕焼けのなか、自転車に乗り遠ざかっていく彩香が見える。

全力で走れば曲がり角までに追い抜かせるだろうかと思いつく。トレーニングで軽くなった身体を試すように動き出した。

仕事帰りに走るなんて初めてのことだ。

気怠い身体を引きずり、帰りたいのか帰りたくないのか自分でもわからない、曖昧な気持ちで歩いていたいつもの道が違った景色になる。埃の焼けた臭いが立つ夕日に照らされた公園も、薄汚れた工場の壁も、ひび割れたアスファルトも、俺の前から流れて消えていく。

住宅街へ入る前の道で彩香を追い越し、俺は初めて走る通い慣れた道を駆け抜ける。


試合を終えた選手が控え室に戻ってきた。

海にでも飛び込んできたかのように全身汗でずぶ濡れになり、白いTシャツが身体に張り付いている。勝ったのか負けたのかわからないが、満足そうな表情で息を切らし、床にへたり込んだ。その様子を見て、俺は大きな息をひとつ吐く。

「さあ、行くか」

会長が俺の肩を叩き、タオルをかけた。

トレーナーを務めてくれる会長に、観客も盛り上がるから現役の時に着ていたガウンで入場すればいいじゃないかと勧められたが、さすがに恥ずかしくてその案は拒んだ。ボクサーパンツも当時の物ではない普通のウェアだ。ただ、許されていてもTシャツは着なかった。昔の極限まで絞り上げた身体からすれば弛んで情け無いかもしれないが、やっぱり裸で、剝き身の自分で動きたかった。

体育館の端からリングへと歩いていく。花道には柵もないし、通路になっているわけでもなく、会長の懐かしい先導に従う。走り回って遊んでいた子供たちが俺のすぐ傍まで寄ってきて、物珍しそうに見ながら付いて歩いてくる。

「おう、がんばれよ」

途中に立っていた男に声をかけられた。

男の着ていたスウェットの上着が袖の途中から手首の部分まで垂れ下がり、切断された両腕の膨らみはなかった。

「来てくれたんですね」

試合の前で緊張しているはずなのに、笑顔が自然と溢れ出てきた。

「もちろんだよ。息子に、千秋君の足を見せてやって欲しくてな」

下の方を向くと、男の右足にしがみつき、隠れて俺を見あげている小さな男の子がいた。

「あの頃みたいな速さはないけど、今できる限りは動かしてみますよ」

俺は頭を深く下げて歩き出した。

千秋がんばれ、と恥ずかしくなるほど大きな高俊の声が聞こえる。

椅子の観客席ではなくマットへ座った高俊の隣には親方と、肩先まで長い髪を切ったお腹の大きな亜佐美が並んでいた。

俺は軽くグローブを挙げてこたえ、リングへ上がる。

緊張が増してきた。

こんなに速く脈打つのはどれくらいぶりだろう。

一度大きく深呼吸して、目を閉じた。

まずは両足で小さく飛び跳ねる。地面に着くとすぐさま左足で跳ねあがり、右足に重心を代えて二回、左足で三回、ステップを刻み、振動に逆らわずに身体を揺らす。素早く動かされる両足も重心の移動も、耳の奥で騒ぐ胸の高鳴りが大きくこだまして、無意識になっていく。飛び跳ね続ける生き物になって俺は目を開けた。

いい気分だった。

マウスピースを口に付け、強く目を瞑りすぎてぼやけた視界で、俺は顔を上げた。

ゴングが鳴る。

体育館の高い位置にある窓ガラスからは太陽が見え、日の光がリングに降り注いでいた。

プロの試合会場にあるようなスポットライトではないけれど、真っ白で一点の影もない。

探していた全身を焦がすような眩しい光がそこにはあった。

「色彩」は第35回太宰治賞受賞作品です。

阿佐元明（あさ・もとあき）
一九七四年、東京生まれ。
「色彩」で第三十五回太宰治賞受賞。

色彩（しきさい）

二〇一九年九月二五日　初版第一刷発行

著　者　阿佐元明
発行者　喜入冬子
発行所　株式会社筑摩書房
東京都台東区蔵前二-五-三／郵便番号一一一-八七五五
電話番号　〇三-五六八七-二六〇一（代表）
印　刷　株式会社精興社
製　本　株式会社積信堂

ISBN978-4-480-80489-1　C0093